光文社文庫

文庫書下ろし

女賞金稼ぎ 紅雀

血風篇

片倉出雲（いずも）

光 文 社

光文社文庫

文庫書下ろし

女賞金稼ぎ　紅雀
血風篇

片倉出雲（いずも）

光　文　社

この作品は光文社文庫のために書下ろされました。

目次

第一章　加賀笠が白刃を呼んだ

一

天保十年は八月の終わり、現在の暦では十月初旬のことだった。

場所は中山道十番目の宿場、本庄である。

本庄宿は江戸日本橋から二十二里、八六・四キロの距離に位置しており、中山道屈指の豊かな宿場だった。

多くの商人や諸藩の勘定役が集まり、朝となく夜となく大変な賑わいを見せている。

普段はそんな本庄宿なのに、今日に限って、朝から宿場の住人は姿を見せず、旅人は早朝まだ暗いうちに、まるで逃げるようにして本庄から去っていく。

行商人も馬子もことごとく足早に、まるで疫病でも発生したかのように、本庄宿を通り過ぎていた。

だが、これは本庄宿に流行り病が発生したためではない。

四日前の夕刻、番所の高札に「助け求む」という張り紙がなされた途端、瞬く間に本庄宿に怪しげな連中が集まり、宿場全体がただならぬ雰囲気に包まれたためだった。

二

それでなくとも、その日は朝から妙な天気だった。

眩い陽の光が田や畑の緑に照り映えていたかと思えば、不意に大粒の雨が降り出して地面を真っ黒に濡らす。だが、降りはじめた雨は唐突にやんで、宿場一帯がまた陽に照らされるのだ。

こんな異様な空模様のせいなのか、普段なら行く人帰る人で早朝から引きも切らぬ中山道なのに、もう一刻近く旅人はおろか、飛脚や馬子の影もなかった。

不意に、一陣の強い風が街道を吹き抜けた。

冷たく乾いた秋風だった。

その風に乗って来たかのように、突然、一人の旅人が、人影絶えた街道に現われた。

旅人は黒い笠を被り、同じく黒い道中合羽をまとっている。

笠は加賀笠だった。

菅笠より深く編まれており、目鼻が笠の陰になって隠れるのが特徴である。

しかも、この旅人の加賀笠は漆が殊更に厚く塗られているので、まるで大昔の楯のように頑丈そうだった。

加賀笠に顔の上半分が隠れて、旅人の容貌は品の良い鼻から唇にかけてしか分からない。

旅人が羽織った合羽も、笠に合わせて漆黒なのだが、その丈は普通の道中合羽より遥かに長かった。

そのため、旅人の足は踵近くまで裾に隠れて、こちらも外から見ただけでは小袖を着ているのか、袴を穿いているのか、尻端折りにしているのか、それさえ分からないのだ。

旅人は合羽の下で腕を組み、少し俯き加減に歩いていた。

足が速い。

まるで風に吹かれているようだ。

いや、旅人自身が疾風であるかのような足の速さだった。

そうして歩み続ける旅人に、突如、女の声が掛けられた。

「もし、そこな御方」

旅人は足を止めた。

声の源を追って、鋭い視線が加賀笠の下から飛んだ。

「……旅の御方」

もう一度声が発せられた時には、旅人は呼びかけた相手を見つけていた。

いつの間にか、合羽の下で組んだ腕がほどかれ、左手が腰の剣を押さえている。

「左様ご警戒なされますな。わたくしは貴方様をどうこうしようというのではございません」

そんなことをいいながら、道端に伸びた大樹の陰から尼僧がゆっくりと現われた。

墨染に白い頭巾を被った尼僧であった。

年は二十六、七というところか。色白な瓜実顔の中で大きな瞳が静かな光を湛えている。

ただ微笑んでいれば清楚に美しく、優しげな尼僧なのだが、唇が紅を塗ったように紅くて、唇の下にある黒子が尼僧を男好きのする容貌に見せていた。

「わたくしは青連と申す旅の尼にございます」

尼僧が名乗って一礼しても、旅人は身構えたまま、加賀笠の下から鋭い視線を青連に注いでいた。

旅人が何かいうかと青連は待っていたが、旅人は石のごとく押し黙って、ただ青連を加賀笠の下から睨み続ける。

「……………」

そんな有様は、相手に心覚えがあるのに誰だったか容易に思い出せず、苦しんでいるようにも見えた。

旅人が何もいわず、身構えも解かないのに諦めたか、青連は吐息を洩らして言葉を続けた。

「いま本庄宿に参られるのでしたら、おやめになったほうが宜しゅうございますよ。なにやら騒動が持ち上がったとかで、無頼漢めいた者たちが沢山集まっておりますゆえ、危のうございます」

そこまで聞いた旅人はいきなり腰の剣から左手を離した。また合羽の下で腕を組む。そして、軽く俯くように歩きだした。

その足はこれまでよりずっと早い。

まるで今の青連の言葉が旅人を急がせたように見える。

旅人は瞬く間に街道の彼方に消えていった。

そんな旅人を見送った青連は、不意に、朱唇の端を歪めた。

その懐から、くぐもった声が洩れる。

鳩(はと)の鳴き声であった。

青連は墨染の懐に手を入れると、中から羽毛の青味が美しい鳩を取り出した。

顔の近くまで持ってきて、青連は鳩に呟(つぶや)いた。

「飛びたいか。ふ、ふ、もう少し待て。あやつの動きをしかと見定めたなら存分に飛ばせてやるからの」

三

街道の行く手に本庄宿が見えてきた。

普通なら問屋場(といやば)に馬や人足が集まって働く人間がごった返している本庄宿なのに、今日は番所の前を除いて人影がなかった。

番所の前には屈強な男ばかりが集まって何やら大声で喚(わめ)き合っている。

どうやら番所前に集(つど)った男たちこそ青連のいっていた「沢山の無頼漢」のようだった。

だが、旅人はそれに気づいても、少しもたじろがず、風のような足取りで宿場に進み続けた。

そうして、あと半町で宿場という辺りに差し掛かった時であった。

「待て、待て、待てッ」

街道脇の雑木林から突然、そう怒鳴る声が起こり、藪を分けて三人の男が飛び出した。

旅人は足を止めた。

左手が流れるように腰の剣を押さえた。

加賀笠の下から鋭い視線を男たちに飛ばした。

三人はいずれも月代を伸ばし、小袖を尻端折りにして、腰に一本、朱鞘の長脇差を差している。

格好から判断すると、渡世人と呼ばれる無宿の無頼漢のようだったが、身ごなしに武士めいたものもある。御家人が身を持ち崩してやくざになった類らしかった。

相手を確かめると旅人は身構えを解いた。

合羽の下でまた腕を組む。

警戒するまでもない相手と見てとった様子である。

「やい、てめえ、何処に行く」

左端に立った頬のこけた男が肩を揺らして訊いてきた。

旅人は黙って行く手を顎で示した。

「本庄に何の用だ」

太った顔一面に無精髭を伸ばした真ん中の男が畳みかけた。

本人はドスを利かせたつもりらしいが、旅人は微動だにしない。

「黙ってねえで答えろ」

三人目のエラの張った男が焦れたように喚いた。

「俺たちは本庄の宿役人に頼まれて、宿場に近づくダニを追い払ってんだ。てめえもダニの仲間だろうが」

「……」

加賀笠の下で旅人は目だけで笑った。

それに気づかず、痩せた男とエラの張った男が怒鳴りたてる。

「風屋の旦那の屋敷に立て籠もったダニどもの仲間だろうって、そういってんだよう」

「ダニに呼ばれて助っ人に来たんだろうが」

さらに真ん中の太った男も酒焼けした声で喚いた。

「立て籠もってる奴らは、どうやって、屋敷の中からてめえを呼んだ？」

その言葉が終わらぬうちにエラの張った男が喚いた。

「てめえの後から仲間のダニがもっと来るのか？　どうなんだ⁉」

「……」

旅人は何も答えない。

端(はな)から相手にする気などない様子だった。

それに気がついて男たちは汚れた顔を怒りで歪めた。

「貴様に訊いてるんだ！」

旅人は三人を無視して、また歩き出した。

その様子を見て、三人の顔が一瞬弛緩(しかん)した。

ここまで無視されるとは思っていなかったのだ。

瞬く間に三人の顔が紅潮した。

「こ、この野郎……」

エラの張った男が長脇差に手をやった。

唸(うな)りと共に長脇差を抜いた。

朱鞘の漆こそ剝(は)げ掛けているが、刃(やいば)はぬめったような光を帯びている。

刀の手入れだけは怠っていない証(あかし)だった。

このように得物(えもの)の手入れを怠らないのは人殺しを生業(なりわい)にする人間の特徴だった。

だが、旅人は、三人の男も無視して、さらに本庄宿へと進もうとする。

「待て」

「待ちやがれ」

残りの二人も長脇差を抜いた。

「立て籠もりの仲間なら、こいつも賞金首だろう」

長脇差の切っ先で旅人を指し示して痩せた男が決めつけた。

「薄汚ねえ首だが、まあ刀の砥ぎ賃ぐれえは懸かっていそうだぜ」

太った男がそんなことをいって髭面を卑しい笑みで歪めれば、残りの二人が馬鹿笑いを発した。笑った顔が良く似ていた。三人は兄弟かも知れない。

「砥ぎ賃はよかった」

「風屋はご公儀出入りの豪商だ。せびれば砥ぎ賃に酒手ぐれえは上乗せしてくれるだろう」

ひとしきり笑うと男たちは舌舐めずりしながら長脇差を握り直し、両脇を締めた。やくざ者が得意な突きに突く殺法の構えである。

長脇差で突き殺すつもりらしかった。

だが、旅人はぴくとも動かない。

それどころか、抜き身を三本突きつけられても、身構える気配すらなかった。

「舐めるなッ」

痩せた男が吠えた。

その声が合図だった。

三人はほとんど同時に地を蹴った。

怪鳥のような叫びをあげて、最初に旅人に突っ込んだのは、エラの張った男だった。

男の長脇差が旅人を刺し貫かんと突きこまれる。

だが、その切っ先があと三寸で漆黒の合羽に届こうという瞬間、旅人の黒合羽が撥ね上がった。

闇より黒い合羽が翻った。

目に沁みるような真紅に染められた裏地が露わになる。

だが、それも一瞬のこと、すぐに合羽は漆黒の表地だけを見せた状態へと戻っていた。

その黒い合羽の下から光る物体が飛んだ。

旅人が男めがけて投げつけたのだ。

物体は長い尾を引いて、長脇差を突き込んだ男の顔面に炸裂した。

男が野獣のような声を上げた。

長脇差を捨てて顔に手をやった。

顔を覆ったまま身を「く」の字に折って、そのまま倒れ込んだ。

倒れた男の顔面は血に塗れ、鼻が叩き潰されている。

「――!!」

痩せた男と太った男は目を瞠った。

それはほんの一刹那の出来事だった。

それゆえ、二人の目には黄金色の稲妻が旅人から閃いてエラの張った男に電撃を見舞った、と映ったのであった。

だが、瞬時に二人は我に返る。

太った男が旅人をキッと睨んだ。

肉の詰まった顔面が怒りで赤黒くなっていた。

男は気合もろとも旅人に襲いかかった。

こちらは前の男より出来る。諸手突きに腰が動いていた。

重い全体重を掛けて長脇差から突っ込む姿は暴走する猪そっくりである。

「食らえッ!」

猪が牙で突くように長脇差をえぐりこんできた。

旅人は合羽を払った。

合羽の裾が翻り、半円を描いた。

合羽の布地が爆走してきた男の切っ先を打ち払う。と、鞭で打たれたような衝撃が、長脇差を握った男の手を襲った。

だが、男は柄を握る手に渾身の力を込めて、さらに突き込もうとする。

旅人は合羽の下で右手を一閃した。

黄金色の稲妻がまた右手から迸った。

稲妻は太った男の喉仏を瞬時に砕き、旅人の手へと戻っていった。

太った男の両手が開いた。

その中から長脇差が落ちた。

落ちた長脇差が地面に突き立つより早く、男は地に伏していた。

素早く合羽の前を合わせた旅人に、

「手妻の種は見切ったぜ」

痩せた男がそう決めつけた。

男はひきつった薄笑いを浮かべている。

精一杯、虚勢を張っているのだ。

「万力鎖っていうんだろう。てめえの得物は」

「………」

旅人は何もいわず、右手を下げた。

合羽から出た右手から黄金色に輝く長鎖が垂れていた。

長鎖の先には分銅(ふんどう)が付いている。

ただし、分銅は、鎖鎌(くさりがま)に付された鐘の形をしたものではなく矩形(くけい)の板状だった。

しかも板の縁は鈍い刃物になっている。

長鎖で刀を払い、平らな分銅の鈍い刃で敵を打ち砕き、かつ斬断(ざんだん)するための隠し武器であった。

「そういう飛び道具を使うなら、俺も考えさせてもらおうか」

男は長脇差を素早く鞘に戻すと、その手を後ろに回した。

腰のほうに差した物を抜いて旅人に向けた。それは長さ一尺二寸、三七センチほどの脇差(わきざし)だ。

加賀笠の下から冷ややかな視線が脇差に注がれていると察して、痩せた男は歯をむき出して笑った。

「ただの脇差じゃねえぜ。こっちにも手妻が仕込んであるのさ」

そういうと男は脇差の鞘を抜いた。

そこに現われたのは刃ではなく、黒い細筒である。

男が柄を握れば、バネ仕掛けで筒から棒が跳ね上がり、同時に、細筒の下から半円型の金具が飛び出した。

「こいつは相州で仕留めた賞金首から頂いた変わり鉄砲よ。見かけは脇差だが、この上の棒をこうやって……」

男が棒を親指で押し倒せば細筒の中からカチッという音がした。

「いまのは弾丸が仕込まれた音だぜ」

脇差の形をした変わり短筒で刃の代わりに銃身が付いているのだ。

銃身から跳ね上がった棒は撃鉄で、銃身の下から出た半円型の金具は引き金、撃鉄を押し倒すと薬室に弾丸が込められて発射できる仕掛けのようだった。

「あとは狙いを定めて引き金を引けば、貴様はお終いだぜ」

痩せた男は旅人に照準を合わせた。

勝ち誇ったような笑いが頰の削げ落ちた顔一杯に拡がる。

「念仏唱える暇はねえ。貴様はくたばるんだ。今すぐに」

そういうや否や、男は引き金に指を掛けた。

だが、男の指が引き金を引き絞るより早く、旅人の手が弾けるように一閃した。

輝く物体が旅人から飛んだ。

飛んだのは黄金の万力鎖ではなかった。

男が反射的に右手を押さえる。

その手には棒手裏剣(ぼうしゅりけん)が深々と突き刺さっていた。

手裏剣は甲から掌(てのひら)まで貫いて脇差の形をした隠し短筒の柄に右手を固定していた。

男が思い出したように苦痛の叫びをあげた。長く尾を引いた山犬の遠吠えのような悲鳴だ。

だが、悲鳴は長くは続かない。

旅人が合羽を肩に撥ね上げ、腰の剣を抜いた。

旅人の足が地を蹴った。

漆黒の合羽が翻って空気を打った。

巨鳥の羽ばたきにも似た音が鈍く響いた。

刹那の後、旅人は、腕を押さえた男の背後に移動していた。

男は眦(まなじり)が張り裂けんばかりに目を瞠(ま)っている。

自分が瞬間的に斬られたことを未だ信じられない様子だった。

ゆっくりと男の目が横に流れ、背後に移った旅人を確かめようとした。

だが、男の目に映ったのは鮮血の真紅に染められた合羽の裏地だけだった。

「貴様……ダニの仲間じゃねえな……」

そう洩らしてから男は旅人を眺め直した。

「加賀笠に真っ黒い道中合羽……しかも合羽の裏地は血の色……貴様、紅雀か……」

旅人は無言で剣を大きく払った。

白刃から紅い滴が数滴散った。

「立て籠もりの一味かと思えば……商売敵……それも女賞金稼ぎの紅雀とはな……は、早合点で死ぬなんて……わ、わ、笑わせやがるぜ……」

男はそう呟くと顔面から地に倒れ込んだ。

すでに息はない。

倒れると同時に死んだと思われた。

「……」

素早く旅人は剣を鞘に戻し、肩に撥ね上げた合羽を戻した。

また、鈍い音が大気を打った。

それは凶鳥の羽ばたきだった。

漆黒の凶鳥は再び加賀笠を俯き加減に傾けて、地面に落ちた自分の影を追うかのように歩きはじめる。

四

半町離れた本庄宿の番所前から驚愕(きょうがく)の声が起こった。

「見た」

「しかと見たか!?」

「奴め、坂崎(さかざき)三兄弟を倒しおった」

「出来る。魔物のような使い手じゃ」

番所前に集まった男たちから次々にそんな声があがった。

「坂崎三兄弟を倒したあやつも、どうやら、わしらと同じ商売らしいな」

風に流される影のごとく本庄宿に近づく漆黒の旅人を眺めた男たちは不安げに囁いた。

「なに」

「彼奴(きゃっ)は商売敵か」

と、慌てて何人かが触れ書きから振り返った。

番所前の高札に張り出された触れ書きは、降ってはやむ雨で乾く間もなく濡れて、墨の文字は半分流れている。番所の前に集まった者は、いずれも薄汚れ、赤く血走った目にぬめった光を宿していた。

道中合羽を引き回して三度笠を被った渡世人もいれば、安物の大小を腰に差した無精髭の浪人者もいる。

槍や鉄砲を抱えた猟師風の者も、武芸者然とした身なりの者もいるし、物乞い同然の身なりの者も、何処(いずこ)かより逃散(ちょうさん)してきた小作人としか見えない者もいる。

姿形こそ様々だが、かれらには共通した特徴があった。

それは「人殺し」だけが帯びる独特の気配——浅ましく、殺伐として、絶望的なまでに孤独な、飢えた野獣のごとき雰囲気である。

僅(わず)かな懸賞金で人間の命を購(あがな)う山犬どもだ。

かれらは「賞金稼ぎ」であった。

高札に貼られた張り紙の噂に、金の匂いを嗅(か)ぎつけて、ここ、本庄宿に集まったのだった。

賞金稼ぎたちはかれらのほうにやって来る旅人にさらに目を向けた。

突然、その中の一人が素(す)っ頓狂(とんきょう)な声で叫んだ。

「紅雀だ！」

叫んだ男は坊主頭にして汚れた小袖をまとっている。偽(にせ)座頭——盲人に化けた賞金稼ぎであった。偽座頭は大きな目を剝いて言葉を続けた。

「矢弾も撥ね返すくらい漆を厚く塗った加賀笠、裏地が血の色をした黒合羽、キリリとした細面（ほそおもて）、そして黄金色の万力鎖に棒手裏剣、一本だけ落とし差しにした刀に、抜く手も見せない居合（いあい）斬り……。間違いねえ。あれは、紅雀だ」

「なに」

　隣に立った浪人者が偽座頭に振り返った。

「紅雀だと。それは何者だ？」

「凄腕（すごうで）の賞金稼ぎでさ、田嶋（たじま）の旦那」

　偽座頭が説明すれば周りで聞いていた賞金稼ぎどもが旅人のほうに振り返った。

「賞金稼ぎ、紅雀……」

「あれが紅雀か」

「紅雀……」

＊

——普段は平和な本庄宿だった。

　その宿場にどうして野良犬のような連中が集まったのか。

　ことの起こりは四日前の夕刻のことである。

突然、本庄宿の番所の高札にこんな張り紙が掲げられたのだ。

「助け求む。お助け賃、金一両。即金払い」

張り紙を出したのは本庄宿の宿役人（名主）の風屋喜兵衛である。

何の助けが欲しいのか、張り紙にそれは書かれていない。

助けが必要というからには風屋の身に困ったことが起こったのだろうが、それが何なのかという説明も張り紙には書かれていなかった。

それでも、この不景気な時代に一両即金でくれるというのだから、人が集まらないわけがない。

最初は在の百姓や力自慢の人足が集まって来たが、そうした者たちは、翌日、街道を渡ってやってきた連中に蹴散らされてしまった。

あとからやって来たのは渡世人、浪人者、雲助、猟師……さらには修験者のような風体の者までいた。

いずれも凶暴な顔をした賞金稼ぎであった。

賞金稼ぎどもは番所の張り紙の噂を聞いて、あるいは中山道の各宿場の顔役から聞かされて、あるいは裏稼業仲間のたむろする賭場や酒場で「銭儲けの話がある」と聞きつけて取るものもとりあえず大急ぎでやって来たのだった。

*

偽座頭が「紅雀」と呼んだ旅人が本庄宿に入っても、六十軒近くある旅籠屋の留女（客引き女）は誰一人として、

「おいでなさいませ」

と飛びついて旅人の袖を引こうとしなかった。

いや、それ以前に、表通りに留女の姿は一人も見られない。

留女たちは皆、自分たちの旅籠に籠もり、震えながら外の様子を窺っていたのだ。

半町離れた場所で三人を倒した旅人の腕前を旅籠の中から窺い見て、加賀笠に黒合羽という異様な紅雀の姿に恐怖を覚えてしまったのだった。

本庄宿の宿民の恐怖をよそに紅雀は自分の影を追うような歩き方で、とうとう本庄宿の外れを越えてしまう。

それを見た野良犬どもは一斉に身構えた。

と、その時である。

突然、番所の腰高油障子が開かれた。

柔らかい男の声が野良犬どもに投げられる。

「これは。皆様、沢山お集まりで。わたくしが風屋喜兵衛にございます。この度は誠に有

難う存じます」

そういって現われたのは太った中年男だ。なるほど本庄の宿役人（名主）を務める一方で、世間から「豪商」と呼ばれるだけあって貫禄と威圧感を備えている。頬が膨らんだ丸顔は福々しくて、掛け軸に描かれた大黒天に似ていた。

風屋に従うのは番頭と手代だが、いずれも痩せて背が高い。

番頭は地味な小袖に羽織をまとっている。その後ろに控えた手代は小袖に前掛けをして、大きな巾着袋を抱きかかえていた。

手代が動く度に袋からジャラジャラと音が響くのは小判のこすれ合う音である。

少なく見積もっても二百両は入っていそうだ。

しかし、そんな大金の入った袋を抱えていても、手代は痩せて頬がそげ、目つきが鋭すぎて、福の神ではなく疫病神に見える。

突然、男の子が駆けてきて、番頭の前で立ちどまった。男の子は瞳に好奇心を一杯にして番頭を見上げる。まだ八歳くらいの男の子だった。番頭は男の子を無造作に片手で払いのける。払われた男の子が転ぶのを見て田嶋が怒鳴った。

「おい、相手は子供だぞ。乱暴はするな」

すかさず偽座頭が苦笑混じりに答える。

「あれは向かいの旅籠の女中のガキだよ。生まれつき耳が聞こえねえんだ。だから、ここで何が起こってるのかも理解できん」

その言葉が終わらぬうちに向かいのほうから母親と思しき女が飛び出してきて、男の子を抱き上げた。女は番頭と手代に頭を下げて走り去った。

女の去ったほうから今度は太った男が現われた。その男を見て賞金稼ぎの何人かが小さく叫んだ。

「や、風屋の旦那。わざわざのお運びで⁉」

男たちは慌てて腰を屈め、頭を下げようとする。

「いやいや、今は挨拶などしておる場合ではございませぬゆえ」

そういって風屋喜兵衛は手を振ると笑みを拡げた。丸くて頬の垂れた笑顔は、いよいよもって大黒天そっくりだった。

「遠路はるばるお集まり下さいまして本当に有難うございます」

集まった野良犬どもに呼びかけると風屋喜兵衛は頭を垂れた。

「風屋、挨拶は良いから、拙者らは何をしたら良いのか教えてくれ」

そう尋ねたのは、偽座頭に田嶋と呼ばれた浪人者だった。

落ち着いた物腰に澄んだ瞳、きれいに髭を剃った端整な顔は、周囲の野良犬どもと全く違う。どうやら、つい最近まで大藩の禄を食んでいた気配である。

「それはこれから追々お話しいたします」

「助け求む、とは穏やかではない。まして一人一両もの大金を即金で払うとなれば、力仕事や屋敷の警護ではあるまい。なぜ、道中奉行なり八州なりに相談しない？」

田嶋が尋ねると、風屋喜兵衛は頰が揺れるくらい大きくうなずいて、

「お尋ねはごもっともで。そのあたりの事情はこれからお話し申し上げます。事情をお聞き頂きまして、それでもなお、この風屋のために一肌脱ごうといって下さる方は、ここの番頭の重二郎か、手代の茂平にお申し出下さい。お名前を賜りました後、お助け賃の一両をこの場で前払いさせて頂きます」

「い、一両前払い……」

「さすがは風屋だ。気前がいい」

雲助や偽座頭がゴクリと喉を鳴らした。

「風屋の旦那、その事情とやら、早く話してもらおうか」

鉄砲を抱えた猟師が焦れた調子で促した。

「どんな困難でも力になるぜ」

「まったくだ。堅気の衆を困らせる野郎は、この俺らの義俠心に掛けて、叩っ斬ってやら

あ」

渡世人たちはそんなことをいって朱鞘の長脇差に手を掛けた。

「有難うございます。それを聞いて安心いたしました」

「それで、仕事は？」

と田嶋が畳みかければ、

「実は、手前どもの虱屋敷に賊が押し込みまして……」

風屋は恐ろしそうに声をひそめていった。

「なに、虱!?」

偽座頭が素っ頓狂な声を上げれば、風屋の後ろから手代が進み出て、

「虱屋敷と申しましても、別に、虱がたかったゴミ屋敷ではございません。当家の家紋が〝虱〟の一字でございまして……」

と説明しかけた手代の後を受けて、風屋が続けた。

「虱というのは放っておけば幾らでも増えるもの。それにあやかって儲けを増やしたいと願いまして、虱の一字を当家の家紋といたしたのでございます。ほれ、この通り――」

最上等の生地の小袖に羽織をまとっている。羽織には家紋の代わりに「虱」の一字が白く染め抜かれていた。

「その、虱屋敷に押し込んだ賊を追って捕えるのが仕事か？」

田嶋が尋ねれば風屋は首を横に振った。

「いいえ。賊はまだ屋敷におるのでございます」

「なんだと。どういうことだ」

「虱屋敷に五日前の夜、五人の男が押し込み、大事な一人娘のお千夏を人質に立て籠もったのでございます」

「立て籠もりだと……」

田嶋は眉をひそめて、さらに問うた。

「それで、人質は他に何人おるのだ？」

「賊はお千夏一人を捕えると、家人も店の者もすべて外に追い出しました」

「ですから、目下、賊の人質はお嬢様お一人で」

「相手は血に飢えた狼のような連中。なんとしてもお千夏を無事に助け出したい。そう考えまして、こうして高札を出して、さらに街道筋の親分衆に飛脚を飛ばし、頼りになる御方を一人でも多く集めようと……」

「成程。その立て籠もりを始末してほしくて、即金一両なんて張り紙を、高札に掲げた訳か」

「左様でございます。立て籠もった五名はいずれも恐ろしい武器を持った大変凶暴な者ども。事と次第によれば命に関わるやもしれません。それでも、風屋を助けてやろう、と仰る方は、さあ、手代の茂平より一両お受け取りになって、手前どものご用意した旅籠のほうにお集まり下さい」

「乗った、わしが助けよう」

「俺も。一両くれたらお袋の首だって持ってくるぜ」

「俺も、だ」

賞金稼ぎどもは手を上げて口々にそんなことを喚きながら、手代の茂平の前に並んでいく。そうして番頭の重二郎に自分の名を告げ、重二郎が帳面にその名を記せば、茂平が袋から一両出して、賞金稼ぎに配りはじめる。

それを横目に田嶋は呟いた。

「大丈夫か。こいつらは今宵の塒もない野良犬どもだぞ。半分以上は、ここで一両貰えば三十六計決め込んでいつの間にか消えている手合いだ」

「それはとうに織り込み済みで」

と風屋は苦笑混じりに囁いた。

「なんだと」

「一両差し上げて名前を帳面に残す御方たちは賊の気を逸らすための囮役。つまりは殺され役でございますよ、田嶋秀之進様」

「どうして拙者の名前を……」

「お名前だけではございません。元佐倉藩剣術指南役で今川流の達人。……今は腕利きの賞金稼ぎ〝稲妻秀〟。賞金稼ぎとしてのその通り名は、目にも止まらぬ居合がまるで稲妻が閃いたように見えることから来たとか」

「そんなことまで知っておるのか」

「は、は、貴方様の腕前は飯岡の助五郎親分より伺っております」

「飯岡が本庄に行けば金にありつけると申したのは、あれは、お前がいわせていたのか」

「はい。……お怒りになられましたかな」

しれっとした顔でいった風屋の口調に、田嶋は鼻白んだが、

「ふん。怒ったとて何になる。本庄くんだりまで遠出してきたのだ。即金で一両貰い、囮にでも死に役にでもなるしかあるまい」

唇の端を歪めて田嶋が答えれば、

「いやいや。田嶋様ほどの使い手を囮などとは勿体のうございます」

と風屋はかぶりを振り、黒小袖の懐に手を入れると、

「田嶋様には別途このように」

そういって紙包みを出した。紙包みは切餅一つ、二十五両である。

「おそろしい奴だな。俺も本庄に来ることを見越して用意しておったのか」

驚きながらも、田嶋は切餅を受け取り、軽く拝んで小袖の袂(たもと)に落とした。

「すでに、賊からお千夏を救う役目の御方たちと、囮となって死ぬ役目とを選別しております」

「俺は死ななくてもいいんだな」

「は、は、は、勿論で」

大きくうなずいてから、風屋はふと思い出して笑みを拭(ぬぐ)った。

「そういえば、小半刻ほど前でしたか。坂崎様たちに同じことをお話ししてお金をお渡ししましたら張り切って、賊は応援を頼むだろうから我々が待ち伏せしてやるなどと、大層なことを申されて出て行かれましたが。そろそろ、お声を掛けて戻って来ていただかなくては……」

そんなことをいって、風屋が手代の茂平に、

「ちょっと坂崎様たちを呼んできておくれ」

と命じようとすると、田嶋は鼻を鳴らした。

「御家人崩れの坂崎三兄弟なら、殺されたよ」

「な、なんですって」

風屋はギョッとして田嶋に振り返った。

「誰が坂崎三兄弟ほどの腕利きを。……虱屋敷の賊がこちらに出てきたのですか」

「違う。殺ったのは賊じゃない。賞金稼ぎだ」

「賞金稼ぎが坂崎三兄弟を!? どうしてです」

「拙者が知るか。今、ここに来るから、殺した奴に訊け」

田嶋は顔をしかめると、いい足した。

「……紅雀に」

「紅雀が、ここに参ったので!?」

驚いた風屋が振り返れば、旅人はすぐそこまで迫っていた。

加賀笠を俯けたまま、風に流れる影のように、番所前まで進んだ。

「紅雀だ」

「紅雀だぞ」

番所の前にたむろしていた賞金稼ぎどもは小声でいい交わし、一斉に左右に分かれた。

触れ書きの貼られた高札の前が、花道のように開いた。

旅人はそこを進み、高札の前で立ち止まる。

高札を見上げようと加賀笠に手を掛け、ツイと上げた。

そこに現われたのは、美しい女の横顔である。

賞金稼ぎたちの間からどよめきが起こった。

「荒くれ者の坂崎三兄弟を簡単に始末した者が女……」

「それもこんなに美しい女とは」

「五街道で噂の、紅雀ってのは女だったのか」

賞金稼ぎの顔は皆一様に引き攣り、蒼ざめていた。

驚愕が沈黙を呼んだ。

だが、長くは続かない。

偽座頭が震え声で紅雀に呼びかけた。

「べ、紅雀――」

加賀笠の下から女の切れ長の瞳が偽座頭に向けられた。

刃のような視線を浴びて、偽座頭の腰が引きかけた。

膝が震えているが、好奇心が恐れに打ち勝ったらしい。

偽座頭は加賀笠の女に尋ねた。

「おまはん、紅雀の姐御だろう。いま街道のあちこちで名を売ってる女賞金稼ぎ、紅雀の姐さんだよな」

「…………」

紅雀と呼ばれた女は答えない。

偽座頭の言葉を耳にして、田嶋が呟いた。

「思い出した。佐倉藩で禄を食んでいた頃、賞金が懸けられた盗賊一味八名を、佐倉の町中で瞬く間に殺した神のごとき腕前の女剣士がいたというが……。あれは、この紅雀のことだったか。ううむ、女だてらに凄腕の賞金稼ぎというから、どんな莫連女かと思ったが……」

田嶋秀之進の横を離れて風屋喜兵衛が紅雀の前まで進んだ。

「紅雀様、お初にお目に掛かります。今回、依頼を差し上げた風屋喜兵衛にございます」

「……紅雀だ」

言葉少なに挨拶すると紅雀は加賀笠を脱いだ。

その下から現われた美貌を見て風屋喜兵衛は思わず目を瞠った。

「いやあ、お美しい。品のある面立ちといい、涼しい目といい、朱唇の喩えもそのままの唇といい。……なんという美しさでございましょう。こんなに美しい御方には江戸でも滅多にお目に掛かれません」

それは世辞ではなかった。

横で聞いていた田嶋秀之進も同じ思いに駆られて、

「まったくだ。江戸でも上方でも滅多にお目には掛かれまい」

思わずそんなことを呟いていた。

それを聞いた瞬間、紅雀の目がほんの少し細められた。

世辞に気を良くした訳ではない。

昨夜、「本庄に行ってくれ」と自分に依頼した人物がそっくり同じ言葉を口にしたことを思い出したためだった。

第二章　斬紅の記

一

前夜のこと——。

板橋で仕事を終え、お尋ね者を仲宿にある番所に引き渡して、懸賞金を受け取った時には、町は灯ともし頃になっていた。

紅雀はそのまま板橋を離れることはせず、板橋仲宿の盛り場へと向かった。

板橋は中山道で江戸より数えて最初の宿場である。

その広さは二里十八町にも及び、広大な土地のため、板橋は「上宿」「仲宿」「下宿」の三宿に分かれていた。

江戸に近いので庶民も富裕な商人も旗本もこぞって春は花見、秋は紅葉狩りに訪れる。

三宿のうち特に繁昌しているのが仲宿で、仲宿には岡場所が多数あり、ここの女郎は美しくて気立てが良いと評判で、江戸の遊び人が大勢集まっていた。

そんなこともあって、仲宿の町だけは何処か垢抜けて、中山道の宿場町というよりも、江戸の繁華街といった趣きだった。

紅雀は盛り場でも岡場所や居酒屋の立ち並ぶ辺りではなく、落ち着いた静かな佇まいの一画に進んだ。

この界隈には黒塀で囲まれた高級な旅籠や料理屋、料亭が並んでいる。

紅雀は躊躇うことなく、その中で一番大きくて立派な料亭に進んだ。

暖簾には「みやひ」とある。

(雅――。ここに間違いない)

と、紅雀は確かめると暖簾の奥へと進んだ。

敷居を跨いで土間に入れば、すぐに「はーい」と答えが返ってくる。

現われた女将に紅雀はいった。

「こちらに参るよういわれた紅雀という者だが」

それを聞いた女将は改めて三つ指ついて頭を下げると、

「いらっしゃいませ。親分さんがお待ちでございます」

そういって紅雀を店にあげ、長い廊下を渡って、奥の離れに案内した。

女将は離れの前に正座すると、狩野(かのう)派の絵の描かれた唐紙越しに座敷の客に呼びかける。

「親分さん、お連れ様がお着きです」

「おう。待ってたぜ。入(へえ)ってくれ」

低くて良く通る男の声が座敷から返された。

贅沢(ぜいたく)な座敷に通された紅雀を待っていたのは四十六、七の町人であった。

大きい。

恐らく立てば六尺を越えるのではなかろうか。

まるで力士のような体格だ。

ただし肥満型ではなく、全身が筋肉で鎧(よろ)われている。

上座に坐り、胸高に腕を組んでいるだけで、男はその巨軀(きょく)の全身から圧倒的な威圧感を漂わせていた。

髷(まげ)をいなせ風に結い、揉(も)み上(あ)げを伸ばし、最上等の生地の黒小袖をまとって、黒紋付を羽織っている。

当然、普通の町人ではない。

玄人——宿場で「顔役」と呼ばれ、多くの子分を養う「一家」を構えた男である。それも並みの顔役ではない。男の迫力からして百人を越える子分を有する大親分に相違ない。

紅雀は下座に坐ると、畳に手をついて男に深々と頭を垂れた。

「大前田の親分さんにはお久し振りにお目もじいたします。紅雀、お呼びに従いまして参上仕りました」

大前田とは上州大前田村のことである。

そこの「親分」と呼ばれる男といえば、この当時、大前田の英五郎に他ならなかった。全国に二百ヵ所もの縄張りを有し、渡世人の世界では圧倒的な勢力を持つ大侠客である。

英五郎はまるで妹を見るような優しい眼差しで紅雀を見つめて微笑んだ。

「おまはんが板橋宿に来てると報せが入ったものでな。子分に足止めさせるよう命じて、俺は早駕籠ですっ飛んで来たんだ」

「……」

「いつ見ても器量良しだな。おまけに度胸も据わってる。そこいらの女なら、この大前田を前にすると忽ち萎れっちまうんだが、おまはんときたら、臆する様子もない。それどころか、却って香り立つくれえ綺麗に咲き誇る。はは、おまはんが紅雀と呼ばれる女賞金稼ぎで、黒鳶のとっつぁんの只一人の弟子でなかったら、本気で惚れちまうところだぜ」

「分に余るお言葉、いたみ入ります」

軽く一礼すると紅雀は大前田の英五郎をまっすぐ見つめて問うた。

「御用の向きをお聞かせ下さい」

「おお、それよ。用があるのは俺じゃねえ。本庄宿の風屋喜兵衛ってえ男だ。知ってるだろう？　一代で財をなし、ご公儀や諸大名の御用を賜って〝豪商〟と呼ばれている野郎さ」

「その風屋が、賞金稼ぎになんの用が？」

「ことの起こりは本庄にある風屋の屋敷だ。そこに真夜中、五人の男が押し込んだのさ。男たちは刀や槍、鉄砲といった得物を持ち、店の者を何人か殺した。ところが運のいいことに風屋は商売で屋敷を留守にしていた。それを知った賊の一味は風屋の一人娘の外は、みんな追い出して、娘を人質に立て籠もったという訳さ」

「………」

「ところが、解せねえのは、ここからよ。立て籠もった奴らの目的が、なんとも分からねえ」

と、英五郎は首を傾げた。

「だってそうじゃねえか。普通、こうした立て籠もりの時には、押し入った野郎は、やれ大金を寄こせの、やれ牢内にいる身内を解き放ての、といってくるものだ。ところが、風屋の屋敷に立て籠もった一味は、風屋を出せ。俺らの前に風屋を連れてこい、の一点張りでな。だが、本庄に戻った風屋は、娘が人質に取られたことを知っても、賊が自分と話したがってると聞いても、まったく会おうとしねえ」

「風屋はどうして会わないのでしょうか」

「どうやら立て籠もり一味の頭目は、昔、風屋と組んでいたらしいんだ。それで風屋が若い頃にやった後ろ暗いことを知っている。賊はそれをネタに風屋が苦労して築いた身代を根こそぎ奪う積りなんだと。まあ、風屋はそういっている。風屋が金輪際、賊に会おうとしねえのも、それが分かっているからだ」

「………」

「どうだい。風屋の難儀に手を貸してやっちゃあもらえねえかい」

英五郎は組んだ腕を解いて紅雀に微笑んだ。

だが、紅雀は細面を静かに横に振る。

「折角のお言葉ではございますが……」

「おっと。——断る前に、風屋の提示した賞金の金額を聞きねえな。……前金二百、娘を無事助けて、立て籠もってる奴らを掃除してくれたら、もう三百。〆て五百の大仕事だぜ」

だが紅雀は眉ひとつ動かすことなく答えた。

「賞金の額ではございません。わたくしが板橋宿まで来たのには、理由がございまして」

「おまはん、賞金稼ぎしながら仇を追ってるんだってなあ。いつだったか、黒鳶のとっつぁんに聞いたぜ」

「はい」

「だが、板橋で仕留めたのは、おまはんの追う親や弟の仇じゃなかった。と、そう聞いたがな」

大前田の英五郎は全国津々浦々に情報網を持ち、その気になれば、紅雀の詳細な動きまで把握出来るのである。

「残念ながら。……仇に良く似た男ではございましたが、わたくしの追う人間ではございませんでした」

といって、紅雀は目を伏せた。

「さて、そこでだ」

英五郎は探りを入れるような口調になると、

「風屋の屋敷に立て籠もってる奴らの頭目が、おまはんの仇の一人だとしたら、どうだい？」

紅雀はハッとして面を上げた。

「親分さん。それは本当で？」

「俺も大前田の英五郎だ。嘘なんざ言わねえよ。立て籠もってる野郎の名前は天城の深十郎という」

その名を聞いた瞬間、紅雀の目の奥で青白い稲妻が閃いた。

「この名に聞き覚えがありなさるかい？」

「……いささか」

「天城の深十郎は、三年前まで関東一円を荒らし回った高波軍兵衛の手下で、高波六歌仙と恐れられた凶賊一味の一人だそうだな」

「どうして、それを？」

「黒鳶のとっつぁんが、俺に教えてくれたのさ。風屋からの手紙を読んで、俺はまず最初に黒鳶のとっつぁんに声を掛けたんだ。したが、とっつぁん、立て籠もりの頭目の名を聞いた途端、『そいつはわしの弟子の紅雀が仇と追う高波六歌仙の一人だから、仕事は紅雀に振ってやってくれ』と……」

「お師匠がそう申されたのですか」

「ああ。とっつぁんは、おまはんのことを本当の娘みてえに気遣ってたぜ」

「左様でしたか」

遠い目になった紅雀の表情がほんの一瞬、年相応の娘のそれに戻った。

伏せた目を何度か瞬かせ、もう一度、

「左様でしたか」

と繰り返すと、紅雀は英五郎に尋ねた。

「それで、師匠は、まだこの近くに？」

「いや。江戸は四谷、鮫ケ橋に大きな獲物が潜んでるとか言ってな。とっくに江戸に発った」

「そうでしたか」

うなずいた時には、すでに紅雀は白刃のごとき冷たさと美しさを兼ね備えた女賞金稼ぎの表情に戻っている。

そんな紅雀に英五郎が、

「で、どうする。おまはん、本庄宿まで行ってくれるかい」

と改めて尋ねれば、紅雀は静かにうなずいていった。

「本庄宿・風屋騒動の儀、不肖、紅雀、謹んでお引き受けいたします」

二

そして、いま——。

重二郎に耳打ちされた風屋は、

「なに。あちらが紅雀様——」

そう声に出して驚くと、田嶋に「御免なさいまし」と断って、大急ぎで高札前に立つ紅雀に駆け寄った。

「失礼ではございますが、あなた様は、紅雀様でいらっしゃいますか」

紅雀は風屋に振り返った。

「………」

加賀笠の下の目が一瞬細くなる。

一息置いて紅雀はいった。

「そうだが」

「これは、これは。お初にお目もじいたします。わたくしが風屋喜兵衛でございます。この度は大前田の親分さんまで巻き込みまして、身勝手なご無理を申し、誠にご無礼を」

紅雀に向かって風屋は折れんばかりに腰を屈めた。

その卑屈なばかりの挨拶に、見ていた田嶋は鼻白んだように顔をしかめるが、紅雀は加賀笠の下からじっと風屋を見つめていた。

「……以前、何処かで会わなかったか？」

紅雀は静かに尋ねた。

「とんでもございません。貴方様とお会いいたすのはこれが初めてで」

「………」

否定されても紅雀はなおも風屋を見つめ続けた。

その冷たい美貌に張りついた無表情が雪白の肌と相俟って紅雀をこの世のものならぬものに見せてしまう。

風屋は小さく呻いて身を竦めた。

羽織と小袖の下で風屋の皮膚は粟が立っていた。

――と、横から番頭の重二郎が帳面を片手に駆け寄った。

「旦那様。田嶋秀之進様と紅雀様がいらして、これで〝決め札〟三枚揃いましたゆえ、お二人を備中屋にご案内しては如何でございましょう」

それを聞いた風屋は取ってつけたように明るい顔になり、

「ほんにそうじゃった。良く気がついたね、重二郎」

と番頭にいい、田嶋と紅雀に笑いかけた。

「まずは、あちらの備中屋と申す旅籠にお移り下さい。そちらで今後の詳しいお話をいたしたく思います」

風屋が示した備中屋は、さっき耳の聞こえない男の子を抱いて女中が戻った旅籠である。

「それはいいが。〝決め札〟三枚とは何のことだ」

田嶋が困惑したように眉を垂れさせた。

「それは備中屋に行かれたら分かることで」

風屋は大黒天そっくりな笑みを田嶋に投げて答える。

「やれやれ、相手は金蔓だから引き回されても文句はいえんが」

田嶋は顔を撫でると、げんなりした声で続けた。

「囮役を二十人近く集めて、一人に一両ずつ配ったり、搦め手で腕の立つ者を集めたり、一人娘が人質に取られているというのに、風屋のやることは、どこかチグハグな感が否めんと感じたのだが、今度は〝決め札三枚〟と来た。女房にこないだ先立たれ、手元に残された可愛い一人娘が人質にされて、屋敷に武装した賊が五人も立て籠もったのなら、普通、半狂乱になって道中奉行や八州に頼むものではないのか。少なくとも俺が奴の立場ならそうするぞ。ところが風屋ときたら、おかしな策を巡らせてばかりいる。飯と酒にありつけて二十五両もらえるのは有り難いが、この仕事、どうにも気が乗らんよ」

そうして田嶋は紅雀に尋ねた。

「お前さんはどう思う？」

「……………」

紅雀は田嶋の問いには答えず、重二郎の後に従って備中屋へと歩み出した。

「なんだ。お主はそうは思わんのか」

田嶋の声を背中で聞きながら紅雀は思った。

(返事をしないのは同感だからだ)

三

備中屋の奥座敷に通された紅雀と田嶋を待っていたのは五十がらみで、総髪が真っ白く、鶴のように痩せこけた浪人だ。

上目遣いで紅雀と田嶋を見た目つきに病的な光がある。全身から人殺しの気配を漂わせながら、浪人は床の間の柱に凭れて手酌で飲んでいる。

盃を傾けながら浪人は名乗った。

「山根彦四郎だ」

その名は紅雀も聞いたことがあった。

東海道筋で「悪四郎」という名で知られ、相当に腕が立ち、おまけに血も涙もないと評判の賞金稼ぎである。

「切り札か……。違いない」

田嶋はげんなりした顔になって呟き、同意を求めるような眼差しを紅雀に向けた。

だが、紅雀は同意も反対もせず、風屋に勧められるままに座敷の一席に坐った。

「おうい」

風屋が手を拍けば、旅籠の仲居が二人、膳と酒を運んできて紅雀と田嶋の前に設えた。

「ご高名な方々を三人もお迎えしたからには、本当ならば芸者でもあげておもてなしせねばならないのでございましょうが。事情が事情ですし、紅雀様は女子でいらっしゃる。そういう訳で、ここは酒と美味しい物でおもてなしさせて頂きます」

風屋はそんなことをいい、山根から先に酒を注ぎ始めた。

山根は随分前からここにいるのだろう。

すでに相当呑んでいる様子だ。

だが、少しも酔ったふうではないのが、流石、賞金稼ぎの間で悪四郎の二つ名で通る男らしかった。

次に風屋は田嶋の盃に注ぎながら、

「元は佐倉藩剣術指南役であらせられたそうですね。今川流の達人で、抜く手も見せぬ居合とか」

と愛想笑いを浮かべた。

酒を一口啜った田嶋は下顎をさすって、

「俺の居合など、そこの紅雀の姐さんに比べれば、宴会で見せる剣舞か、大道の歯磨き売りの客寄せみたいなものだ」

などと自嘲めいた調子で呟き、座敷の壁を背にして坐った紅雀に呼びかけた。

「紅雀、さっき、坂崎三兄弟の長兄を倒したのは居合だな。ただし、見たこともない太刀筋だった。ついでに申せば、最初に使った鎖は正木流の万力鎖。その次に投げた手裏剣は普通の手裏剣のような柄がなかった。柄のない手裏剣といえば、藤堂流手裏剣術で使う銀星と記憶しておるが、どうだ？」

「……」

「ちぇっ、ずっとだんまりか。ならば勝手にしゃべるといたそう。壁を背にしておるのは背後から襲われぬためか」

「……」

「黙っておるということは、そうだ、といっているのだな。常在戦場は武士の心掛けというが。賞金稼ぎながら見事な心掛けだ。……今日は女賞金稼ぎに色々と教えられた。ふん、本庄くんだりまで来た甲斐(かい)があった」

苦笑い混じりに田嶋は銚子(ちょうし)を取り上げて、手酌で呑みだした。

田嶋の口調には紅雀を見下した雰囲気がない。

それどころか、女だてらに兵法を実践する者と心底から感服している様子である。

しかも、田嶋はそれを隠そうともしない。

このあたりの性格が、どうやら、田嶋が佐倉藩にいられなくなった原因のようだった。

「いや、まったくで。わたくしも、世の悪党どもから鬼のように恐れられている紅雀様が、女子とは、心の底から驚きました」

風屋は田嶋に相槌(あいづち)を打ち、紅雀の膳の前に正座する。

「山根様と田嶋様はすでにご返事を頂いておりましたが。いや、まさか紅雀様にお引き受け願えるとは」

歯の浮くような調子でそういいながら銚子を持ちあげたが、紅雀はかぶりを振って盃を伏せた。

「わたしは酒は呑まぬので茶で相伴させてもらおう」

「まあ、そういわず、一杯だけでも」

風屋は大黒のような顔で銚子を持ちあげてさらに酒を勧めようとした。

すると紅雀はきっぱりとかぶりを振った。

「祈願の筋があって酒は断っている」

すると、それを聞いていた田嶋が、

「願掛けとは、らしくもないことを申すな。好きな男でもおるのか」

といって唇を歪めた。

すかさず、陰気な声が投げられた。

「そんな甘ったるい話ではない。その紅雀の祈願とは凶盗六人とその手下どもの皆殺しだ」

声を発したのは山根彦四郎である。

「なんだと」

と田嶋は山根に振り返った。

「山根様。それは何のことでございますか」

風屋も銚子を置くと山根のほうに向き直る。

いつの間にか大黒の笑みは拭ったように消えて、太い眉の下で大きな目が奸悪な光を帯びてギラギラと輝いていた。

山根は酒を注ぎながら口を開いた。

「紅雀。――その素性は……」

だが、そこまでいいかけたところで、続く山根の言葉は宙に呑まれてしまう。

紅雀が鋭い一瞥をくれたのだ。

その視線はまるで氷の矢のように山根を貫き、廻り掛けていた酒気を一気に消し去っていた。

山根は咳払いをすると、

「……数年前、高崎の屋敷を襲った凶盗一味により家族を殺害されたとか。……わしは関東取締出役同心時代にそんな噂を聞いた」

と口を濁した。元八州廻りならばもっと詳しく知っているに相違ない。知っている紅雀の素性を酒の酔いに載せて話したそうだったのに、それを制止したのが紅雀の一瞥だった。

（山根ほどの男を一睨みで黙らせるとは……紅雀、噂以上の化け物らしいぞ）

そう察した田嶋はその場の話題を逸らそうと、

「なんだ、悪四郎は元八州廻りか。道理で、嫌な感じだな」

と聞こえよがしの悪態をついた。

そんな田嶋に手を挙げて、

「まあ、まあ。この場はお納め下さいませ」

と制すると、風屋喜兵衛は身を乗り出して紅雀に尋ねた。

「いまの山根先生のお話、まことでございますか？」

「まことだ」

と紅雀はうなずいた。

「山根殿のような御方はどこにでもいるので、隠すまでもない。いかにも、わたしは眼前で両親と弟を殺された」

「なんと惨（むご）いお話で」

風屋は顔をしかめて首を横に振った。

それから、少し間をおいて風屋は紅雀を見つめて、

「紅雀様。もし差支えがなかったら、貴方（あなた）様のお話をもう少し詳しく聞かせてはもらえま

せんか。いや、面白半分ではございません。わたくしも商いで全国を旅して回る身、お話次第では、紅雀様のお力になれるかと、そのように思ったからでございます」

その言葉を聞いた紅雀は、しばし無言で風屋喜兵衛を見つめた。

「いや……」

と紅雀はかぶりを振った。

「堅気の商人が聞いて楽しい話ではない」

突き放すように答えながらも、八年前の記憶が、紅雀の心には走馬灯のように甦(よみがえ)ってくる——。

四

天保二年八月初旬、高崎藩八代藩主大河内輝貞(おおこうちてるさだ)の建立(こんりゅう)した頼政(よりまさ)神社の祭礼が無事終わった翌日、それは起こった。

その頃、紅雀は数え十五歳。

お香(こう)という名だった。

祖父が香り立つような娘に育つように、とその名を付けたのであった。

お香の父は鈴本伴内（すずもとばんない）といい、高崎藩勘定吟味役の職にあった。

広い屋敷を高崎の城下西北に構え、十五名を越える使用人を抱えていた。

家族は家長の伴内が三十九、妻のヤヱが三十三歳。弟練之助（れんのすけ）が九歳だった。

夏の祭りを家族や使用人たちと過ごし、年に一度の夜と、伴内も遅くまで同輩と酒を酌み交わした。

そのため、翌日は二日酔い気味で、

「今宵は早く寝よう」

と早々に蚊帳（かや）を吊り床（とこ）に就いたのである。

家族も使用人も主人に従って、常より一刻ほど早く休むことにした。

そこに生じた隙を狙って賊は押し入った。

押し込み強盗の世界では、狙いを定めた屋敷に、ひと月から一年くらい前に奉公に入り、屋敷の部屋割り、蔵の鍵の在り処（ありか）、金の隠し場所、屋敷の者の弱味などをこっそりと調べ尽くす「スミツケ」という役がある。

鈴本邸を襲った押し込み一味の場合は、ふた月前から屋敷で働くようになった下男の熊（くま）吉（きち）という者がスミツケだった。

鈴本家では使用人は名主の紹介状を持った者だけを雇うことにしていたのだが、ふた月前に、下男が食あたりで急死してしまったため、急遽(きゅうきょ)、口入屋(くちいれや)に紹介された熊吉を雇うことにしたのであった。

その日、夜も更けて家人が寝静まったのを確かめると、熊吉は使用人の部屋で起きだした。隣に寝ていた風呂焚きの老人が、その気配に気づいて目覚めた。熊吉は無言で老人に跨ると、細い首に手を掛けて力を込めた。老人は苦しむ暇もなく即死した。こちらの動きに気がついた下女や老人を瞬時に始末するのもスミツケの役目だったのである。

熊吉は裏に回り、木戸の閂(かんぬき)を外した。裏には黒装束に武器を持った一団が待っていた。

「家人は全員寝ている」

薄闇の中で熊吉は手真似でそう教えた。

一団の先頭に立った長身の男が無言でうなずいた。

軽く振り返る。

男は後ろに控えた仲間に合図を送った。

仲間はうなずくと武器を構えた。

ほとんどは大刀だが、何人かは短筒や匕首(あいくち)を手にしていた。

熊吉の案内で一団は屋敷に押し込んだ。

十数名もの人間が踏み入ったというのに、足音はおろか、気配さえなかった。

かれらは幾手かに分かれると、影のごとく屋敷の中を駆け巡った。

一団の頭目は腹心の部下五名を従えて、金の隠し場所に向かった。

残りの手下は主人や家来や使用人の部屋に散った。

お香の弟の練之助が目を覚ましたのは、この頃だった。

場所は離れの寝室である。そこで練之助はお香と並んで眠っていた。

練之助は九歳、お香より六つも年下であった。

三十過ぎて得た男子ということで鈴本伴内もヤヱも、大層、可愛がっていた。

それはお香も同じで、年の離れた姉というより「小さな母親」として練之助に接していた。

練之助は生まれつき勘の鋭いところがあった。

母方の伯父（おじ）に渋川（しぶかわ）流柔術を究めて道場を営む者がいたので、あるいは、その血筋を継いだのかも知れない。

いずれにせよ、練之助は屋敷の中を影のごとき者どもが駆けまわる気配を、家の者の誰よりも先に察した。

様子を見ようと寝床から身を起こした。その気配に、隣で寝ていたお香が気づいた。

「どうしたの。厠（かわや）？」

お香が暗がりの中から、眠そうな声で尋ねると、練之助は首を横に振った。
「誰かいる。何人もいて屋敷の中を歩き回ってるんだ」
練之助が囁いた。
お香はそれを聞いて一気に目が覚めた。
起き上がると、小簞笥に駆け寄る。
用心のために母親が隠していた懐剣を取り出した。
懐剣の紐を解いて胸に抱くと、
「様子を見に行きましょう」
と弟に呼びかけた。
「はい」
お香は練之助を従えて離れから母屋に向かった。
廊下に出ると、いつもよりずっと暗く感じられた。
さらに廊下がずっと長いようにも思われる。
一歩踏むごとに床板が軋んだ。
常ならば、あっという間に着く筈の母屋が、今夜は異様に遠かった。
やっと廊下を進み切って、お香は母屋と廊下を仕切る木襖を引いた。

古い木襖の敷居金具がガラガラと鳴って敷居を滑った。

夜の静寂（しじま）の中で、その音は屋敷中に響き渡ったかと思われた。

二人は反射的に息を呑み、暗がりで顔を見合わせた。

お香は耳を澄ませた。

何も聞こえない。

木襖の前は三畳ほどの板の間で、右に内蔵の扉がある。

そこから居間までは少し離れているので、もし賊が居間のほうにいるのなら、木襖を開ける音は聞こえなかったかもしれない。

お香がさらに神経を集中させれば、母屋のほうで人の立ち動く気配が感じられた。

(よかった。忍びこんだ奴らは今の音に気づかなかったようだ)

と安堵（あんど）して、お香は練之助に無言でうなずいた。

練之助もうなずき返し、暗がりで微笑む気配がした。

半分だけ開いた木襖と柱の隙間に練之助は子供の柔軟さで身を滑らせた。

完全に向こう側に移動した。

と見えた次の瞬間、練之助の身がフワリと浮きあがった。

お香は、あっ、と声を上げかけて慌てて口に手を当てた。

その時、雷鳴のような物凄い音を立てて木襖が開かれた。

そこには黒装束の賊が六人、手に手に抜き身の得物を提げて、仁王立ちになっていた。

闇の中から声がした。

「誰だ」

お香の耳にその低い声は地獄の釜から響いてくるかのように聞こえた。

すかさず、明かりが灯された。

明かりは蠟燭ではない。

紙縒り紙に蜜蠟を沁み込ませた紙燭である。

普通、紙燭は目を凝らさなければ役に立たないほど微かな光しか発さないのだが、相手の持った紙燭は眩しいほどの光を放っていた。

紙燭の光に、賊に抱きかかえられた練之助が浮かび上がった。

賊は抜き身の匕首を逆手に構えて、もう一方の腕一本で練之助を抱えていた。

この賊も、他の五人も、同じように黒頭巾で顔を隠し、身にぴったりした黒装束をまとっている。

「練之助を返せ！」

と叫んでお香は賊に飛びついた。

思い切り掴みかかる。柔らかい肉に触れた。

(こいつは女!?)

と驚いてお香は相手を見上げた。

次の刹那、女の匕首を握った手でお香は払い除けられた。

床に飛ばされたお香の足が滑った。

油が床に撒かれて、一面真っ黒に光っている。

身の均衡を失って倒れたお香の手足が油に濡れた。

その鼻に生臭い悪臭が迫った。

(この臭いは油じゃない。……血だ)

それに気づいたお香の視界に床に転がった人間が飛び込んできた。

一人二人ではない。
七、八人はいる。
いずれも断末魔の苦しみに身をよじらせた状態で死んでいる。

紙燭の光に照らされた死体は無造作に投げ出された丸太か何かのように床に転がっていた。

「ああっ……」

お香は思わず恐怖の叫びを洩らしてしまった。

「まだ、いたか」

そんな声がして、お香の顔が、不意に紙燭に照らされた。

蒼ざめて震えるお香の顔を見て、

「別嬪だな」

という野卑な笑い声が明かりの向こうから上がった。

震えながら、お香は、目を凝らした。

紙燭を持った男は太っていて、背が低かった。

声の様子からして四十過ぎではなかろうか。

黒頭巾の目がぬめり光り、眉の付け根の黒子までがテラテラ脂ぎった光を帯びている。

そんな目でお香を見つめる男に向かって、

「いつぞやのような、つまらん気は起こすなよ」

と、六尺近い背丈の黒装束が低くよく通る声で含み笑いを洩らした。

「馬鹿ぬかせ。こんな小娘におかしな気など起こすものかい」

紙燭を持った男が怒ったようにいいかえした。

「さあて、そいつはどうかの」

「ふん。貴様こそ、屋敷の者を斬らずに殴り殺したな。素手で人を殺せる者など盗人仲間にそうおらん。まるで天城の何某がやったと自慢しておるようだわ、この考えなしめ」

「なんだと⁉」

「やめい。お勤め中なのを忘れたか」

一団の中で最も背が高く、最も屈強そうな体つきの男が二人を怒鳴りつけた。

「はっ」

二人が男に頭を下げるのを見るに、どうやら、この男が一味の頭目らしい。

頭目は、内蔵の鉄扉の前に屈みこんだ男に振り返った。

「貴様が早く錠前を破らんから、皆が弛んで、口争いを起こすのだ」

「南無千手観音……間もなく開きます。それに、そいつらは元々ウマが合わないので、お頭が不在の場所では、しょっちゅう喧嘩しておりますぞ」

「うるせえ。行者は黙って、経を唱えながら、錠前を破ってりゃいいんだ」

紙燭を持った男が怒鳴り返した。

「ええい。何でも良いから早くしろ」

「間もなく。間もなくでござる。……南無千手観音……南無千手観音……」

そんなことを小声でいい交わす強盗たちに一分の隙が生じたと見たか、突如、物陰から

四、五人の侍が躍り掛かった。
かれらは鈴本家の家中の者だった。

どうやら異様な気配に驚いて起き出し、強盗を見て、今まで物陰から襲いかかる機会をうかがっていたらしい。

たちまち、その場で、強盗と家中の侍とが斬り結びはじめた。

「だあっ」

家中の侍の裂帛の気合に、

「笑止」

と決めつけた声が重なった。

よく見れば、この男と一味の頭目だけは腰に大小の刀を差している。

家中の侍が踏み込みざま、刀を上段から振り下ろした。

こちらも相当な腕である。

重い唸りを引いて刀が賊の頭頂を狙う。

賊は手にした刀で受け止める。

鍛鉄同士の激突する音が響いて薄闇に火花が散った。

賊の黒頭巾に、斜めに一筋走ったか思うと、そこから頭巾の布がハラリと垂れた。

紙燭の光に賊の素顔が照らし出された。

そこに露わになったのは彫りの深い精悍な顔である。

歌舞伎ならば色悪、悪の限りを尽くす二枚目にいそうな顔立ちだった。

「馬鹿が、顔を見られおって」

といった紙燭の男の口調は嬉しげだった。

頭目の声が紙燭の男の声に重なる。

「奪い尽くし、殺し尽くせ。それが高波六歌仙の遣り方だ」

(高波六歌仙⁉)

お香は心の中でその名を繰り返した。

(高波六歌仙というの⁉　こいつらは)

確かにこの場には頭目を含めて六人いる。

(間違いない。高波六歌仙というんだ)

「おうッ」

吠えるように答えて、男は、自分に迫る刀を力任せに押し返すなり、気合もろとも斬り上げた。

白刃が閃き、家中の侍は声もなく倒れ込んだ。

素顔の男は勢いに乗ったかのように、そこここで演じられる斬り合いに横から飛び込むと、瞬く間に残り四人の家中も斬り伏せてしまった。

「早いの。若が小者を三人斬り殺す時間で、こやつ、屈強な高崎侍を五人葬りおったわ。流石は土岐一刀流じゃ」

紙燭の男がそんなことをいえば、女中部屋のほうから賊が駆けこんで、

「女中部屋に隠れていた三人の小者を始末した」

と頭目に報告した。

その声は少年のものだ。

顔は黒頭巾で隠されているが、十五、六歳か。おそらくお香と同じくらいだろう。

(あいつは、若というのか……)

と、お香は心に刻んだ。

(高波六歌仙。行者。若。土岐一刀流を使う男。天城の何某。……絶対に忘れない。夜が明けたら役人に訴えてやる)

頭目は小さくうなずいて、

「うむ。お前が働いておる間に、屋敷の主人はわしが片付けた。今、行者が錠前を破っておる。内蔵の扉が開いたら金を頂き、屋敷に火を放って引き上げるぞ」

と若に、まるで教え聞かせるような調子でいった。

(屋敷の主人は……片付けた……)

お香の頭の中で頭目の吐いた言葉が木霊する。

(父上は……すでに殺された……)

そう心で繰り返した瞬間、頭の中が真っ白になった。

「いや」

自然に悲鳴がお香の喉から迸る。

「いや。いや。いやああっ!」

すかさず頭目が舌打ちした。

「近所に聞こえては面倒だ。娘を黙らせろ」

そう命じてから頭目は、たった今、飛び込んできた若を険しい目で見やって、

「ちょうどいい。度胸試しに、お前、殺ってみろ」

若に恐ろしい声で命じた。

「お、俺が殺すのか」

と若は驚いて訊き返した。

「そう申しておる」

頭目が厳として答えれば、若は、震えて立つお香のほうを振り返った。

「だが、見れば、まだ小娘ではないか」

「何を吐かす。見たところ、お前と同じ年頃。つまり生き残れば奉行所の白洲で証人となるに足る年頃よ」

「………」

「貴様、俺の命令が聞けないのか」

「………」

そんな頭目と若の会話を聞くうちに、練之助は、幼いながらに姉の身に危難が迫っていると感じ取ったらしい。

突然、きっとした表情になると、自分を抱きかかえた女の腕に嚙みついた。

「ああっ、痛ッ」

と女が叫んだ。

練之助は必死で自分を抱えている腕を振りほどいた。

床に飛び降りると、そのまま、お香の許まで駆け寄った。

「姉上、逃げて」

けなげにいう弟に、

「一緒に逃げましょう」

と、お香は練之助に答え、その手を握った。

手をつないで共に逃げ去ろうと、母屋の居間まで突っ切った。

「お待ち」

女の声がした。

黒頭巾の女は練之助に噛まれた腕を一振りすると、

「ガキどもが！」

鋭く叫んで匕首を逆手に構えた。

黒頭巾から覗（のぞ）いた目が爛々（らんらん）と輝く。

女の足袋（たび）が、タン、と床板を蹴った。

女は練之助とお香のほうまで駆け寄った。

早い。

まるで鳥が魚を狙って水面へと急降下したようだ。

瞬く間に追いつかれた。

「練之助――」

お香は練之助を守ろうと抱きしめた。

「姉上」

練之助はお香を抱き返すと、姉の身の横から顔を出して、追跡者を見やった。

その視界に黒装束の鬼女が駆けてくる。

殺気と怒りが渦巻いて迫って来た。

練之助は下唇を嚙みしめた。

「食らえッ」

女はお香を突き殺そうと匕首をかざした。

お香は女に背を向けた。

女の匕首を背で受けて練之助を守る積りであった。

匕首の切っ先があと少しでお香の背に達しようという時——。

練之助が何か叫んだ。

必死の力を振り絞り、お香の身を持ち上げた。

姉の足が浮くまで持ち上げると、自分と姉の位置をくるりと入れ替える。

「練之助、おやめ！」

その瞬間、紙燭が吹き消され、周囲はまったくの闇に包まれた。

「練之助！　練之助！」

お香は暗闇の中で弟の名を呼んだ。

「やっちまえ」

男の声が響いて、何人もが床を蹴る音がした。

「姉上ッ」

練之助の声が闇を裂いた。

その声に、強盗どもの掛け声が重なった。

「このガキ」

「食らえ」

「黙らんかい」

闇の中で、刃が柔らかい肉体に突き立つ音がした。

「あねう……」

練之助の言葉はそこで宙に消えた。

押し込み強盗のいずれかの刃が練之助を貫き、瞬間的に心の臓に達した。ただし、練之助を殺したのが誰なのかは、闇のためにまったくわからなかった。

「やめて!」

お香は悲鳴と泣き声の混じった絶叫をあげた。

かたく抱いた腕の中で練之助の身は物凄い早さで冷たく硬くなっていく。

「やめて……やめて……やめて……」

お香は何度となく呻きながら弟の肉体に必死で体温を送ろうとするかのように、練之助を抱く手に力を込めた。

女の声がした。

「邪魔だ、どけ」

暗闇の中で黒覆面の女が邪険にそう吐いて、お香の腕をひねると、練之助から強引に引き離した。

「開きそうだ、明かりをくれ」

そう訴える声がして、また紙燭が灯された。

赤く汚れた手がお香の肩を握っていた。

お香が逃げないように摑まえると、黒頭巾の女は露わな目を細めた。

「今度はお前の番だ」

勝ち誇ったようにいうなり、女は、血で濡れた匕首をお香の腹に突き立てた。

あっ、と叫んでお香はのけぞった。

「畜生め。これで済むものか」

お香を離すまいと片手に抱いて、女は匕首をお香の身から抜き、もう一度、突き刺そうと構えなおした。

その時、行者が叫んだ。

「開いた！　開きましたぜ」

「や、開いたか」

「行者が内蔵の錠前を破ったぞ。早く、中の物を奪え」

「へい」

紙燭を持った男の声がした。

「何をしておる。金を運ぶから若い者を呼べ。内蔵の物は全て奪うのだ。金ばかりではない。手形、証文、書付。……役所の覚書や鈴本伴内の備忘録まで、ことごとく奪うのだぞ」

倒れたお香の耳に、頭目の声が遠く聞こえた。

倒れた位置から女が見える。

女は未だ匕首を握ってお香を刺したそうにしていた。

「あおば！」

頭目が呼ぶと、女はやっと匕首を白鞘に納めた。

「はい、今、参ります」

(あおば……あおば……あおばというのか。わたしを刺したあの女は……)

遠ざかる意識の中でお香はそんなことを考えていた。

五

そこから先、紅雀の記憶は切れ切れになる。

頭目の「油を撒いて火を放て」という命令は確かに聞いた。

聞いた場所は、女に刺された内蔵の前である。

床から眺め上げた目に、内蔵から金や手文庫や証文・書類・備忘録などを運び出す一味の姿を確かに捉えた。

黒装束の一人が油を撒いた。

別の黒装束が、火の点いた紙燭を油に投げ捨てた。

ボッという鈍い音。

メラメラと燃え広がる炎。

倒れた顔面に迫る熱波――。

そこで意識は途切れ、闇に包まれる。

朦朧とした意識の中で、お香は、自分を抱き上げる手を感じた。

その手はお香を肩に担ぐと、炎に包まれた鈴本伴内の屋敷から、夜の町へと移動した。

(助けられた……)

と、お香は夢うつつの意識で考えていた。

(誰だろう、助けてくれたのは。仏様? それとも先に殺された父上? お祖父様だろうか)

闇に鎖された意識の中で、お香はひんやりした風を感じた。

静かなせせらぎの音が聞こえた。

丸くて柔らかい石の上に横たえられるのが分かった。

やがてお香は朝日を感じ、小鳥の囀りを聞き、高崎藩の侍たちの、

「こ、この娘は、鈴本様の娘御ではないか!?」

「一人でここまで逃げてきたと申すのか」

「御仏の御加護じゃ」

そんな驚きの声を圧して、

「何を騒ぎおるか。見ろ、腹に刺し傷を負われているぞ。早く医者を呼べ」

年寄りの怒ったような声が聞こえた。その声にお香は聞き覚えがあった。

（あれは緑野の伯父様……）

緑野に屋敷を構える親戚の声を確認した途端、安堵の思いが込み上げて、お香は苦痛の中で微かに頬を緩めた。

お香の身が戸板に乗せられる。

戸板が持ち上げられる、ふわり、とした浮揚感を覚えた。

再び意識が暗渠に落ちていく。凄まじい落下感の中で、お香は、侍たちの怒鳴り合う声を聞いていた。

「まずは最寄りの番所へ——」

「番所よりは妙心寺が近かろう」

六

妙心寺という古寺に運ばれて、お香はそれから二ヵ月半、住職や小坊主、さらに寺に通ってくれる医師、父親の部下だった藩士らから手篤い看護を受けた。

女の賊に匕首で刺された傷は、幸い、急所を外れていた。

「おそらく練之助を刺し殺した後、良く拭かずに刺したので、刃が血と脂で滑って、急所を逸れたのであろう」

お香の手当てに当たった蘭方医からそんな説明を聞いた時、

（練之助が守ってくれたお陰だ）

と、改めて思い、お香は病の床で声を上げて泣いた。

それでも、お香が今回の事件の全容を知らされたのは半月ほどしてからのことであった。藩の役人が道中奉行に遣わされた同心を伴って、お香の許を訪れたのである。

「賊は自分たちのことを〝高波六歌仙〟といっておりました」

お香が訴えると、同心は静かにうなずいた。

「下手人が高波六歌仙であることは、我々も把握しておる。その他に何か見聞きしたことはないか」

「一人は土岐一刀流の使い手で歌舞伎役者みたいな顔立ちをした男」

「うむ、土岐一刀流の使い手は土岐玄蕃という者だろう。別名をお役者玄蕃。手配書にもお香殿のいわれた通りの特徴が記されておる」

「もう一人は行者と呼ばれる錠前破り……」

「そいつは行者松だな。修験者や旅の行者や拝み屋などに化けるが、高波六歌仙の錠前破りだ。ただし、錠前を破らぬ場合は情け知らずの殺し屋に早変わりする」

「それから六尺越える大男で、こちらが一味の頭目のようでした」

「そやつこそ高波六歌仙の頭目、高波軍兵衛じゃ。六尺豊かな大男で、天然理心流の達人。人殺しや強奪や火付け、女に乱暴を働くことなど何とも思わぬ天性の悪党じゃ」

「……でも……若と呼ばれる若い者は、なんだか優しかったように見えました」

「若？」

高崎藩士が眉をひそめれば、同心が説明した。

「一味で若と呼ばれるのは城太郎しかおりませぬな。高波城太郎……。高波軍兵衛の一人息子にござる。街道筋の悪党どもの噂によると、軍兵衛は、この城太郎に二代目高波軍兵衛を継がせようと、押し込み強盗の遣り方、人の殺し方、火付けの仕方などといった悪行を教えておるとか」

「城太郎も六歌仙なのですか」

自分と同年代と思われる城太郎の声や身ごなしを思い出しながらお香は尋ねた。

「いいや。城太郎は見習いなので普段は下っ端と共に強奪した品を運んだり、火付けの手伝いなどをやらされておるとか」

「あとは……年寄りじみた物腰の男とか……」

「それは白峰嘉兵衛ですな。押し込み先の探索、逃走の手配、盗品の売買などを担当する者です」

「それから、あおばとかいう女が……」

といいかけたところでお香は涙を零して嗚咽しはじめた。

「お香殿、どうなされた」

「この……あおばという女が……練之助を殺し……わたくしを刺したのでございます……」

そこまでいったところで、お香は、湧き起こる悲しみと悔しさに耐えきれなくなって、号泣しはじめた。

「ああ、辛いことを思い出させてしまったようじゃな。お香殿、お許し下され」

と、それまで横で同心とお香の会話を聞いていた高崎藩士が、帳面と矢立てを取り出して、

「当藩でも手配書を用意いたしますゆえ、高波六歌仙の内訳をご教示くだされ」

同心に乞うた。

「では……。まずは、頭目・高波軍兵衛。次に土岐玄蕃。続いて行者松。それから、天城深十郎。白峰嘉兵衛……」

「あおばとか申す女もおりましたな」

「うむ、これはお鈴（すず）でしょう」

同心の返事を聞いて、お香は泣き腫（は）らした顔を上げて、

「いえ。あおばです。確かにわたしはそう聞きました」

と訂正した。

「それは多分、お鈴の二つ名を聞き間違えたのではござらぬかな」

「二つ名……」

「この女は、青鳩（あおばと）のお鈴と呼ばれておる。その青鳩という二つ名をお香殿は聞き間違えたのだ」

「青鳩……お鈴……」

お香はそう繰り返すと、お鈴に刺された傷のあたりを寝間着の上からそっと押さえた。

「よし、これで六歌仙、揃い申した。手配書を作り高崎藩内と近隣諸藩に配れば、すぐに捕まることでござろう」

高崎藩士は自信たっぷりにいって帳面を閉じた。

*

だが、ことはそう簡単には済まなかった。

鈴本邸への押し込みを最後に、高波六歌仙の凶行は突如熄んでしまったのである。

傷が癒えた後、お香は、高崎藩より正式な仇討ち赦免状を得た。

そして、殺された下男の息子の正助という若者を従者に、高波六歌仙とその一味を追って中山道を旅しはじめたのであった。

そんなお香に神仏が味方した。

旅に出て、僅か半年後に、塩名田宿で高波六歌仙の行方の重要な手掛かりと遭遇したのである。

その名は野末の仙蔵という。

高波六歌仙の一人、天城の深十郎の弟分である。

記憶にはなかったが、六歌仙の一人の弟分を売りに賭場に出入りするような男ならば、いずれ父の屋敷に押し入った一味の一人に違いあるまい。追い詰めて天城の深十郎と、他の六歌仙の居所を吐かせてやろう。

そう考えたお香は、懐剣を抱いて、野末の仙蔵を追った。

そして、ようやく千曲川の河原まで仙蔵を追い詰めたのだった。

「天城の深十郎の弟分・野末の仙蔵。去んぬる八月、上州高崎で、高波六歌仙と共に行ないし非道、覚えがあろう」

懐剣の錦袋を解きながらお香が迫れば、仙蔵は凶悪な髭面を歪めて笑った。

「こんな場所で呼びとめやがるから、何処の岡場所で抱いた女郎かと思ったが。なんだ、あの高崎の勘定吟味役の娘か。よく生きてたな、命冥加な娘だぜ」

そんなことをいいながら仙蔵は腰の長脇差を押さえた。

「やいやい、大人しくお嬢様に貴様の兄貴分の居場所をお教えしろ」

正助が杖代わりの六尺棒を構えて、仙蔵に迫った。すると仙蔵は蠅でも見るような表情で正助を睨んだ。

「なんだとう、この奴が……」

そんな言葉を吐きながら正助の真ん前まで大股で歩み寄ると、

「うるせえッ」

と叫んで、やにわに長脇差を抜き放った。

仙蔵の長脇差が正助の手から六尺棒をたたき落とした。

仙蔵が刃を返した時には、正助は脇腹を割られていた。

痛みに自分の脇腹を見下ろした正助の顔に信じられない、という表情が拡がった。こんなに簡単に人を斬ったり、殺そうとする人間に会ったことがなかったのだ。

お香の目の前で正助はゆっくりと倒れていった。

河原が血で染まった。

その真っ赤な色がお香に半年前の惨状を思い出させた。

(あの時……練之助が殺された夜と同じだ)

そう思った瞬間、怯えが全身を走った。

懐剣を握る手が震えてきた。

容易に鞘から抜けない。

鞘を握った左手もガクガクと激しく震えだした。

それに気づいた仙蔵が黄色い歯を剝いて笑った。

正助の血で汚れた長脇差を振る。血の滴が河原の石に散った。

点々と散った真紅の滴を目にした時には、お香の腰が逃げ掛けていた。

「お前は別嬪だなあ。殺すにゃ惜しいぜ」

長脇差を構えながら仙蔵はいった。

「なろうことなら死ぬほど可愛がってから、近くの岡場所か、女郎屋にでも、叩き売りたいところだが」

そこまでいうと仙蔵は笑いを拭った。

笑いが消えた髭面は凶悪そのものに見えた。

「自分を殺そうとした奴はガキでも女でも年寄りでも、構うことなく、その場で殺せ。これが高波六歌仙の掟なのさ。俺も押し込み強盗、高波六歌仙とその一党の端くれだ。掟にゃ逆らえねえ」

そんなことを嘯くと、仙蔵は長脇差の切っ先をお香に突きつける。

「小娘。命は頂くぜえ」

そういい放った仙蔵は、強盗の下っ端とは信じられぬくらい隙がなかった。

（おのれ。高波一味は手練れ揃いだったか）

と、お香は下唇を嚙んだ。

（わたしとは格が違いすぎる）

前に立ちはだかって長脇差を突きつけられただけで、お香はそのことを思い知らされた。

「娘、死ねやあ！」

一声叫ぶなり、仙蔵はお香に斬りかかった。

やくざ者特有の突きに突きまくる殺法ではなかった。

長脇差を普通の刀のように仙蔵は繰り出した。

一太刀、二太刀、三太刀と刃を浴びる度にお香の身は浅く斬られていく。

本当ならばたった一振りで絶命させることが出来るのに、仙蔵はそれをせず、一寸刻み五分試しに斬り続け、刃でお香を嬲ろうというのだ。

肩を、腰を、横首を、片腕を浅く斬りつけられる度に、お香は焼けるような激痛を感じた。

斬りつける仙蔵は野卑な笑い声を洩らし続けている。

まるで女を苛める新しい方法を知って興奮しているように見えた。

やがてお香の小袖の乱菊の柄が、血で赤くだんだらに染まった頃、仙蔵は呟いた。

「そろそろ飽きてきたな。次の一太刀で、おめえの心の臓を貫くぜ」

激痛と出血で意識が遠くなり、お香は今にも倒れそうだった。

脳裏に練之助の姿が浮かんでくる。練之助は父や母と一緒に並んで、お香に笑いかけていた。

(練之助、ごめんね。わたしはもう駄目。……千曲川の河原が、わたしには三途の川の河原になるのね)

お香は心の中で弟にそう詫びた。

それを察したかのように仙蔵が髭を震わせて叫んだ。

「あばよ、小娘」

そして長脇差をお香の心の臓に突き刺そうとした、まさにその時である。

キェーッという怪鳥のごとき気合を響かせて、黒い人影が仙蔵の背に襲いかかった。

それは目にも止まらぬ素早い動きで、手にした武器を仙蔵の背中に突き刺した。

仙蔵が背中の敵に長脇差を向けようとすると影は飛び降り、長脇差が引かれると、また武器の刃で仙蔵を引き裂いた。

その武器は両刃の短刀だが、握りも鍛鉄で襤褸切れを巻いている。

漆黒の装束に身を固めた影が繰り出すのは、飛び苦内。公儀隠密伊賀組が得意とする暗殺凶器だった。

影の正体は何か――。

猿か?

猿ではない。

魔か?

魔でもない。

それは年老いた伊賀の忍びだった。

名を黒鳶という。

女賞金稼ぎ・紅雀の師匠となる男であった。

第三章　虱屋敷に鬼五匹

一

紅雀はそこで回想をやめた――。

先程出された時には湯気を出すほど熱かった茶は、いつしか冷たくなっている。

その場には白けた空気が流れ、三人は当たり障りのない世間話をし続けた。

静かな座敷が居心地の悪いほど広く、暗く、寒くなったような気がしてきて、田嶋は小さく咳払いを落として、また盃を傾けた。

突然、静けさを破って風屋喜兵衛が紅雀に尋ねた。

「大前田の親分より伺いましたが。紅雀様のお師匠も大層な手練れとか。――お名前はなんと申されましたかな？」

「黒鳶という」

「ご無礼ないい方かもしれませんが、人のお名前とは思えませんな。二つ名か、何かの符牒でございましょうか」

すかさず、山根彦四郎が酒を呑みながらいった。

「黒鳶とは忍びの通り名だ。忍びは、自分たちの間でだけ理解できる名前で互いを呼び合う。その名の多くは、そいつの使う術や特徴を表わしておるのだ」

それを聞いて田嶋は薄く笑った。

「そいつは、貴公が八州だった時代に知ったのか」

「左様……」

「凄いものだな。八州っていうのは関東を回って宿役人ややくざ者から賄賂を集めるのが仕事かと思っていたが、忍びの世界にも通じておったんだ」

田嶋がおどけた調子でいえば、山根彦四郎は田嶋を睨みつけた。

「お主、わしを挑発しておるのか？」

「滅相もない。ただ感服しただけだ。気に障ったのならお許し願いたい。俺は根が軽佻浮薄なせいか、よく人に、あいつは人を馬鹿にしている、と嫌われる。決して他意はないのだ」

そういって田嶋は胡坐をかいた足に手をついて頭を下げるが、そんな仕草さえ相手を小馬鹿にしているように見えた。

「ふん」

山根彦四郎は怒る価値もない相手だと思ったか、鼻を鳴らすと、また盃を傾けた。

白けたような雰囲気が再び座敷に漂う。

「俺のせいで険悪な空気になってしまったな」

田嶋は頭を掻いて紅雀のほうを見やった。

紅雀は田嶋と山根の会話など聞いていた様子もない。

ただ、何処かから入って来た一羽の蛾が行灯にまとわりつくのをじっと見つめている。

否。——紅雀は蛾も行灯も見てはおらず、誰の声も聞いてはいなかった。

心は八年前の記憶を苦く辿っている。

(供の正助は殺されたが、わたしはすんでのところを、現われた忍びに救われたのだった)

＊

紅雀は再び八年前の出来事を思い出す——。

黒装束の苦内に傷つけられながらも、野末の仙蔵は必死に抗戦し、辛くもその場から逃げ去った。

意識を失ったお香は、この黒装束によって近くの廃寺に運ばれ、忍び薬で手当てされたのだが、これは手当てを受けて後で知ったことである。

同じように後で知ったのだが、黒装束の男は六十を過ぎた老人で、名を黒鳶といい、伊賀者であった。

——正確には「元伊賀者」である。

お香を介護しながら黒鳶が教えてくれたところによると、かれは公儀伊賀組に属する下忍、最も低い身分の忍びだった。

伊賀組では公儀に目障りな者の暗殺と諸藩に対する破壊工作を職務とする「モウリョウ組」に属していた。

「モウリョウ組」は「亡猟組」と書く。「殺人部隊」とでもいった意味である。

だが、耳で受け取った音が「魑魅魍魎」の「魍魎」と同じところから、「日蔭者」とか「人でなし」という意味が付されていた。

戦国の世ならば忍びの本務であり、最も誇るべき職務だったのだが、二百有余年に及ぶ徳川幕府の泰平によって、いつの間にか、忍び仲間からも白い目で見られる「汚れ役」となってしまったのである。

この「亡猟組」の、公儀のためには女子供さえ殺さねばならぬ職務の非情さと、一般社会のそれ以上に厳しい忍びの掟に嫌気が差して、黒鳶はある日、忍者社会より逃亡した。

忍びの掟はそれを許さない。

逃亡した者を「抜け忍」と呼び、組織を挙げて息の根を止めようとする。

「亡猟組」を抜けた黒鳶も、何度となく、かつての仲間に狙われた。

だが、襲撃を受ける度に黒鳶は逆襲し、追跡者をことごとく倒したのだった。

他の抜け忍ならば、このまま上方か九州にでも逃れ、百姓や樵（きこり）やマタギにでも化けて一生を終えるところであろう。

しかし、黒鳶は違っていた。

（どうせ自分はいつ死んでも悔いのない年齢だ。女房はなく、子もいない。親もいない。天涯孤独の身の上だ。こうして忍びという身分の掟から自由になったのだから、残り少ない人生は好きなようにやらせてもらおう）

そう考えて黒鳶は賞金稼ぎになった。

奉行所や依頼人に代わってお尋ね者を捕える賞金稼ぎならば「亡猟組」で鍛えた忍びの

技や武芸や殺人技術が活かせる。

そしてそれ以上に、伊賀の追跡者はまさか抜け忍が賞金稼ぎをしているとは思わぬだろうから、絶好の隠れ蓑だと思ったのである。

手当てを受けながら、黒鳶の身の上を切れ切れ聞いたお香は、その場で黒鳶に手を付いて請うていた。

「黒鳶様、わたくしを貴方様の弟子にして下さい」

「なんじゃと。いま、何と申した」

黒鳶が困惑した表情で尋ねると、

「わたくしは賞金稼ぎになりとうございます」

と、お香は真剣な顔で答えた。

「なにを酔狂な。若く美しい娘が、つまらぬ思い付きで、人生を捨てるものではない」

黒鳶は苦笑した。

「いいえ。決して一場の気まぐれで申しておるのではございません。わたくしに深手を負わせた仙蔵は、高波六歌仙の数にも入らぬ小物。左様な者にさえ遅れを取り、あまつさえ供の正助を殺されてしまいました。これはひとえにわたくしの未熟のゆえでございます。小物ではなく六歌仙、いいえ、高波軍兵衛その者を討つために、どうぞ、わたくしに黒鳶様の技をご伝授下さいませ」

「は、は、は、強くなりたければ剣なり柔術なりの優れた武芸者に弟子入りすれば良かろう。老いぼれた抜け忍などに弟子入りしたとて何も得るものなぞあるまいぞ」

「いいえ。わたくしに必要なのは正しい武家の技ではございません。正々堂々の勝負ではなく、一瞬の隙を突いて確実に仕留める忍びの技にございます」

「だが、賞金稼ぎ風情に身をおとすことはあるまい」

「賞金稼ぎなれば、盗人や人斬りといった無頼漢たち――この世の裏にはびこる者たちの動向に通じることが出来ましょう。そうした者どもの動向に通じ、お尋ね者を追うならば、必ずや、高波六歌仙の足取りや居所を突き止めることが出来るに相違ございません」

お香は思い詰めた表情でいい切った。

その顔を見た黒鳶はハッと突かれたような目になり、

「……………」

しばし目を閉じて黙っていたが、ややあって、ぽつりと洩らした。

「よく見れば似ておる」

「はい？　何のことでございましょう」

「その、ひ、ひ、ひとつことを思い詰めた目よ。その目が、どこか、お梶に似ておる」

「お梶……」

「死んだわしの娘だ。今のは忘れろ。昔の話だ」

天涯孤独、親もなく妻もなく子もないはずの黒鳶にも娘がいた。しかもその娘は死んでいるという。お梶なるその娘のことは黒鳶には触れてはいけない記憶らしい。そうお香は思って、この一事を忘れることにした。

長い沈黙ののち、黒鳶は、お香の顔を見つめながら、こういった。

「お前の目はお梶と瓜二つだ。お前に『忍びの技、賞金稼ぎの技を教えて下さい』と請われると、俺はお梶に頼まれているような気がする」

そう苦笑すると、黒鳶は厳しい表情に戻り、お香にいった。

「なれば、俺のすべてをお前に伝授しよう。ただし、お前はたった今から鈴本香という名を捨てなければならん。この黒鳶のただ一人の弟子には、左様な武家の苗字も名も不要。本日只今より、お前は紅雀と名乗るがよい」

「はい」

と答えた瞬間、高崎藩勘定吟味役鈴本伴内の娘、お香はこの世から消え、女賞金稼ぎ・紅雀が生まれていた。

二

それから、紅雀と名を改めたお香は師の下で、修練し続けた。

それは文字通り、血の滲むような日々であった。死にかけたことも一度や二度ではなかった。

武家娘として剣術、薙刀、柔術の心得があった紅雀は、そのうえに伊賀者の忍び技と手裏剣術とを教えられ、さらに黒鳶が得意としていた正木流万力鎖術と殺人術を叩きこまれたのだった。

そうして四年後には黒鳶に引けを取らぬ賞金稼ぎへと成長し、五年を経た後には、女賞金稼ぎ・紅雀の名は公儀や諸藩の役人や同じ賞金稼ぎ仲間、諸国の宿場の顔役衆はいうに及ばず、香具師・盗人・押し込み強盗・殺し屋といった「裏稼業」の連中にも広く知られるに至ったのであった。

＊

「旦那様、宜しゅうございますか」

声の主は番頭の重二郎である。

「お入り」

という風屋の返事に、重二郎は唐紙を開けると素早く風屋の傍らまで進んだ。

何やら耳打ちする。

「そうか。分かった」

風屋がうなずけば重二郎は軽く頭を下げて、影のように身を引き、座敷の隅に控えた。

「どうした」

山根彦四郎が盃を傾けながら訊いた。

「はい。屋敷に立て籠もった連中に何やら動きがございまして」

「動きだと。どのような?」

「天城の深十郎が二階から顔を出し、猶予はあと半日だ。今夜五ツ（午後八時）までに千両持って来なければ娘を殺して屋敷に火を放つと、そう、風屋に伝えろと」

それを耳にした田嶋が、

「そうか。ならば、いつまでも酒を楽しんでいる訳にもいかんな。……早々に二十五両に見合う仕事をはじめるといたそうか」

盃を置いて腰を上げかけた。

それを制して、紅雀が風屋に尋ねた。

「もう一度確かめておきたい。立て籠もっているのは天城の深十郎に間違いないのだな」

「はい。それは間違いございません」

風屋は首を縦に振った。

「かつては高波六歌仙とか名乗り、諸国で恐れられた一味の中の一人でございましたが、一年前、こともあろうに〝お金送り〟の道中を襲いまして……」

江戸時代、佐渡島の金山で囚人に採掘させた金は御用金と呼ばれ、佐渡島から船で越後の出雲崎に運ばれ、そこから北国街道を上り、中山道に抜けて、江戸へと運ばれた。この移送を〝お金送り〟と呼ぶ。

「……当然のことではございますが、鉄壁の警護に固められた〝お金送り〟一行を襲って成功するはずはございません。たちまち一味は手下の半分が殺され、高波六歌仙は何も奪うことも出来ず、逃げ去りました。したが、御用金を狙った一味をご公儀は許さず、八州廻りと道中奉行のみならず火盗改まで駆り出して、高波六歌仙を追討いたしたのでございます。そんな訳で、とうとう六歌仙の首領、高波軍兵衛は関東を捨てて、上方へ逃れました。残る五人も上方に逃れたという噂だったのですが。まだ関東に隠れておったのですな。先日、わたくしの前に、突然、六歌仙の一人、天城の深十郎が現われたのでございます」

「それは本物か」

と紅雀は尋ねた。

「くどいな、お主」

山根彦四郎が赤く濁った瞳で紅雀を睨んだ。

「わたしは、これまで何度となく高波六歌仙を名乗る人間を追ってきた。だが捕えてみれば六歌仙を名乗る雑魚(ざこ)ということが一再ならずあったのだ。人の噂や又聞きはまず疑うことにしている」

「ほう。それは用心深いことよ」

挑発するような調子で山根彦四郎がいうと、慌てて風屋が山根と紅雀の間に割って入った。

「わたくしの前に現われたのは高波六歌仙の一人、天城の深十郎。屋敷に立て籠もっておるのは深十郎とその手下四名に間違いございません」

それを聞いた田嶋が目を丸くした。

「公儀御用の豪商、風屋喜兵衛ともあろう者が、よくまあ、高波六歌仙などという極悪人の顔を知っていたものだな」

「わたくしも風屋喜兵衛。裏街道にもいささか通じておりますゆえ……」

そんな風屋の言葉を聞くなり、

(この男も高波六歌仙と関わりが)

と、紅雀は反射的に身構えてしまった。

すかさず重二郎が座敷の隅から甲高い声を発した。

「旦那様!」

「いい。止めるな」

風屋は重二郎に手を挙げると、

「隠していたとて、いずれは知られてしまうことだ」

そう続けて紅雀に向き直った。

「実を申せば、わたくしも高波六歌仙と関わりがございまして」

「……!?」

紅雀の瞳が険しくなった。

田嶋も、山根も、同時に眉をひそめる。

公儀出入りの豪商と凶盗高波六歌仙の取り合わせは意外過ぎるほど意外だったのである。

「い、いいえ。関わりがあると申しても、仲間だったという訳ではございません。ただ、八年ほど前、高波六歌仙が関東で押し込み強盗をはじめて間もない頃、盗んだ品を何度か買ってやったことがある……と、ただそれだけで」

「なんだ。……公儀御用の裏で、お前、盗品の故買なんか、しておったのか」

呆れ顔で田嶋がいった。

「い、いえ。その頃、すでにわたくしはご公儀の御用を承ってございましたので、本当でしたら左様な商売に手を出すはずもないのですが。なんと申しましても義理ある方よりのお口添えでございまして……どうしても断れないもので……やむなく……」

「左様ないい訳は、わたしには不要だ」

紅雀はぴしゃりと決めつけると、

「それで？」

と風屋に促した。

「はい。……六歌仙の五人が、あるいは駿河、あるいは尾張、あるいは京大坂のほうに散り散りになったというのに、ただ一人、天城の深十郎だけは手下を率いて、関東に留まっていたのでございますが。とうとう八州様の手が回り、どうにもこうにも身動きがとれなくなったもので、首領の高波軍兵衛の後を追って上方に逃れようと思ったようで」

「それで、昔馴染のお前に、子分と上方に逃れる資金の無心に来たという訳か」

「はい。なんとも迷惑千万なことでございまして」

風屋は何度となく手拭で顔を拭った。

「で、お前は断ったのだな」

田嶋が顎を撫でながらいった。

「いいえ。とりあえず百両ばかり包んでくれてやりまして。これでお互いに知らぬ者同士としようではないか、と持ちかけたら、深十郎はいきなり、なめるな、と居直りまして」

「もっと寄こせ、と来たんだ」

「左様でございます。……一桁足りぬと」

風屋の答えに田嶋は吹きだした。

「千両とはふっ掛け過ぎだ。いかに公儀御用でも千両もの大金、子供に小遣いをやるみたいに、右から左とはいくまい」

「まったくで……」

と風屋がさらに何かいおうと口を開きかければ、

「もう良い」

山根が大きな声で断じた。

風屋は口をつぐみ、田嶋も少し驚いたように山根のほうを見る。

山根は血走った目で座敷の隅に坐した重二郎を睨むと、

「さっき、五ツまでに金を持ってこいといわれたと申しておったが。……その他に、賊から要求は？」

「は、はい。酒と食い物を持ってこい、と」

「ふん。そろそろ食料が尽きたな。要求はそれだけか？」

「……もう一つございます」

「なんだ？」

「番所の前に集まった賞金稼ぎは残らず、本庄宿から追い出せ、と」

それを聞いた田嶋は苦笑いを拡げた。

「敵はこっちの動向を全部、把握しておるのだな。強盗ながらあなどりがたい奴らだ」

そんな田嶋の言葉を無視して山根はさらに尋ねた。

「立て籠もりの一味は宿場の様子を窺っておるのか」

「はい。屋敷の二階から遠眼鏡を使って眺めておるようで」

「ふん。つまらん物を持ちおって」

そう鼻を鳴らすなり、山根彦四郎は大小を取って、やにわに立ち上がった。

それを見た田嶋が、

「おいおいおい。山根氏、何処に行かれる気だ？」

と呼びかければ、

「酒が冷める前に戻る」

山根は振り向きもせずにそう吐き捨てて唐紙を後ろ手に閉めて座敷から去った。

それを見送った田嶋は、紅雀と風屋と重二郎に振り返り、

「ふ、ふ、酒が冷める前に帰れるかな。案外、奴のほうが冷たくなって帰って来るかもしれんぞ」

そういって皮肉に笑うと、

「紅雀、一緒に外に出て、山根悪四郎のお手並みをゆるりと見物と、いこうではないか」

そんなことをいい足して片目をつぶった。

三

本庄宿は中山道に面し、街道を挟んで南北に拓けている。

本陣が二つ、脇本陣も二つあり、いずれも南北に設けられていることより北本陣・南本陣と呼ばれていた。

風屋喜兵衛の「虱屋敷」は、その北本陣からさらに少し奥まった所に建つ古い屋敷だった。

この辺りには珍しい二階建ての屋敷である。

周囲が田畑に囲まれているお陰で、二階から眺めれば宿場の様子が一望できた。

屋敷の隣には大きな蔵が三棟も並んでいて、風屋喜兵衛の権勢と財力を誇示していた。

風屋は目下、中山道にずっと近い場所に、馬や荷車を沢山留めおける前庭の広い屋敷を普請中で、あとひと月で完成の予定であったが、今回の一件で大工の手は止まったままとなっていた。

さて——。

備中屋を出た山根彦四郎は懐手のまま、その、北本陣の奥の虱屋敷に向かって歩きはじめた。

宿場で一番高級な旅籠から突然、「悪四郎」が現われ、殺気を放ちながら虱屋敷に進んだのだ。

たちまち番所の前にたむろする賞金稼ぎ連中に衝撃が走った。

「山根悪四郎が動いた」

「虱屋敷に殴りこむ気と見た」

「あの凄まじい殺気と気迫はどうじゃ。奴さん、立て籠もり一味と、たった一人で戦う気であろうか」

「まさかに左様なことはあるまい」

賞金稼ぎは緊張した表情で囁き合ったが、そのうちの一人が旅籠から田嶋と紅雀まで出てきたのに気がついて、指で示した。

「や、見ろ。備中屋から田嶋と紅雀も現われた」

「ううむ。いよいよ三人で殴りこむのか」

賞金稼ぎは汚れた顔を曇らせて、刀の柄に手を掛けたりするが、山根と共に虱屋敷を急襲しようとする者は、一人もいない。

山根彦四郎はそんな賞金稼ぎ仲間の声を背中で聞きながら、懐手のまま、虱屋敷の玄関まで進んでいった。

だらんと垂らした両袖が、山根が歩くたびに大きく揺れて、大きな鳥が飛び立つために羽ばたいているように見える。

山根彦四郎は玄関で足を止めた。

玄関にはかたく雨戸が立てられている。

山根は懐手を解き、袖口から左手を突き出すと、刀の鞘を押さえた。

それと同時に、虱屋敷の二階から声がおとされる。

「どサンピン、何しに来やがった⁉」

山根彦四郎は声のしたほうを見上げた。

「間抜け面でこっちを見ても何もやらねえぞ」

賊の一人がそんなことを喚けば、野卑な馬鹿笑いがどっと沸き起こった。

紅雀が加賀笠を持ち上げて二階を仰ぎ見れば、いつの間にか、二階の窓から凶悪な顔が並んで山根を見下ろしている。

ゲラゲラ笑っている男は三人いた。なかでも一番大きな馬鹿笑いを発している男が目につく。肉の詰まった丸顔に二本突き出した前歯が特徴の、野生の豚そっくりの顔をした男だ。立て籠もっているのは天城の深十郎とその子分が四人と聞いている。野生の豚のような男、隣の遊び人風の男、それから目の細い男。これで三人である。

(あそこに並んだ連中の中には天城の深十郎はいない)

と紅雀は読んだ。

(屋敷の奥で、風屋の娘を見張っているのだろうか)

そう考えた時、二階の奥から、

「馬鹿野郎。なにを囃したててるんだ、ガキじゃあるめえし」

三人を怒鳴り付ける声がして、中年男が二階の窓際に姿を見せた。

男は他の三人とは異なり、きれいに髭も月代も剃り、髪もきちんと結っている。

小ざっぱりした身なりは江戸の大店の小番頭のようだ。

ただし、その丸顔の額の左から目のすぐ下まで縦に一筋、真っ黒い傷跡が走っている。

その中年男の顔と黒い傷跡を目にした瞬間、紅雀は左目をほんの少し細めた。

（あの男は……）

その名は――、

（仙蔵）

大店の小番頭めいたその顔に刻まれた黒い傷跡に間違いはない。

それこそは黒鳶の忍び武器・苦内で傷つけられたものだ。

虱屋敷の二階の窓際に現われた中年男こそ、紅雀が未だ武家娘・お香だった頃に――供の正助を殺し、お香も同時に殺そうとしたあの男、仙蔵に外ならなかった。

（天城の深十郎の弟分、という仙蔵の言葉は嘘ではなかったのか）

紅雀の心の底で蒼白い炎が燃えあがる。その炎は氷のように冷たかった。

「紅雀。どうした、知り合いか」

田嶋がこちらに振り返って尋ねた。紅雀は怒りと憎しみを押し殺した無機質な声で答えた。

「わたしはあの男に一度殺されかけた」

「なんだと。では、奴は、六歌仙の一味か……」

紅雀は無言でうなずいた。その瞳は二階の仙蔵を見据えている。

紅雀の右手が懐に走りかけた。

と、すかさず田嶋の手がそれを押さえた。

田嶋は囁いた。

「待て。この場でお主の手の内をすべて敵に晒すことはない」

田嶋の手を軽く払って紅雀は問うた。

「どうしろというのだ」

「まずは悪四郎殿を暴れさせて、敵がどのように攻撃するか、ゆるりと拝見しようではないか」

「山根彦四郎を囮にしようというのか？」

「囮などと聞こえが悪い。悪四郎は勝手に一人で虱屋敷に殴りこむのだ。つまりは奴の意思だ。拙者らが焚きつけた訳ではない」

いいしれっとした顔でいい放った田嶋を、紅雀はしげしげと見つめると、

「止めもしなかったがな」

と苦笑した。その表情を目にして田嶋は、

「おや」

おかしな声を洩らして紅雀を見返した。

「なんだ？」

紅雀が眉宇をひそめれば、

「お主が笑った顔を初めて見た。……娘のように愛らしいな。普段の能面みたいに無表情な面より、ずっといい。お主、もっと笑うように心したほうが良いぞ。何より他人に好かれる」

田嶋はそんなことをいって紅雀に笑いかけた。

それを聞いた紅雀の左目がヒクリと痙攣する。次の刹那、紅雀の顔は普段と同じ冷たい無表情に戻っていた。紅雀は射るような視線を二階の仙蔵に送る。

仙蔵は地上の山根にいった。

「てめえ、風屋の代理か」

「そうだ」

「代理を寄こしたからには千両用意出来たんだろうが。その割にゃ千両箱が見当たらねえな。……後から持ってくるのか」

仙蔵がそう尋ねると、山根はきっぱりと答えた。

「否！」

次いで大刀を抜き放つなり、いい放った。

「元関東取締出役同心、山根彦四郎。風屋の娘を人質にして屋敷に立て籠もった不埒な賊ばらを成敗にまいった」

二階から響いていた哄笑が不意に宙に消えた。

窓の桟に坐ったり身を乗り出したりしていた三人も、かれらの横に立った仙蔵も一様に黙りこみ、山根を見つめる。ただし、それは山根に恐れをなしたのでも、山根の気迫に呑まれたのでもない。唖然としているのだ。

やがて仙蔵が口を歪めて洩らした。

「……てめえ、正気かよ」

その一言は山根の耳にも届いたらしい。

山根は、

「いたって正気……」

と呟いた。

遠巻きに見物していた賞金稼ぎ連中から声が起こる。

「攻めに出た！」

「悪四郎が一人で屋敷に殴り込んだぞ!!」

最後の声が消えるより早く、山根は地を蹴った。

この時、山根の心にあったのは、

（鉄砲隊を相手にする訳ではない）

という思いだった。凶賊といっても、たかが押し込み強盗である。その実情は箱根の山賊とたいして変わらない。元八州廻りとして山根は敵をそう読んでいた。

（発射された弾丸を避け、向こうが二発目を込めている間に斬り込めば、十人はいける）

そこまで考えて、山根は、玄関を固く閉ざした雨戸めがけて刀を振った。

風を切る重い唸り。

今度は横薙ぎに振った。

「どあっ」

掛け声をあげて雨戸を蹴れば、厚い雨戸が四枚の板と化して宙に舞った。

雨戸の下から現われた障子戸に山根は突進した。

肩からぶちあたり戸を倒して敷居を越える。

山根の足が玄関の土間を踏んだ。

土間は八畳近い広さで、その向こうに、高い上り框があった。

山根は框に跳んで一気に邸内に躍り込もうと刀を構えた。

前方に片手を懐にした人影が見えた。

二階で笑っていた男の一人だった。

頬が鑿で削いだようにこけて、目が細い。その、細い目の瞳が山根をあざ笑っている。

山根はその男の笑い顔を見ても怒りは覚えなかった。

すでに無念無想、男を斬り伏せることしか心になかったのだ。

土間を蹴った。

高く跳んで、着地ざまに上段から男の頭頂に振り下ろし、唐竹割りにする積りだった。

だが、山根の身が宙に跳ぶと同時に、男は手を懐から抜いた。その手には、山根が見たこともない短筒が握られていた。

(短筒は狙いが甘い。弾丸は避けられる)

無意識に山根はそう計算し、空中から振り下ろした。

白刃は唸りをあげて、男の脳天に――、

――あと三寸で唐竹割りにしようという時、男の短筒が火を吹いた。

鼓膜が破れそうな銃声が轟いた。
撃鉄部よりあがった火で薄暗い土間が一瞬、橙色に照らされた。
山根は耳を掠める鉛弾の熱を感じた。
反射的に山根は身を躱していた。
弾丸が土間の壁にめりこんで漆喰を散らした。
鼓膜がびりびり震えていたが、それだけだった。
(すでに相手の弾丸はない)
そう思って、山根は身構え直した。まるでバネに弾かれたような勢いだった。
(次は、わしの攻める番じゃ)
山根は心で叫んで刀の柄を握り直した。
目の細い男は、まだ、山根をあざ笑っていた。男の手は依然として短筒を握っている。
男の親指が撃鉄を起こすのを目にして、山根は鼻を鳴らした。
(短筒など持っても所詮はやくざ者。弾丸が何発でも出てくると思うておる)
そうして、もう一度、宙に跳んで今度こそ必殺の撃剣を叩き込もうと土間を蹴った。
宙に跳ぶ。
框に立つ男の短筒がまた火を放った。

　灼熱の鉛弾が宙に舞った山根の眉間（みけん）に炸裂した。

　被弾した衝撃で山根の身が後方に弾き飛ばされる。

　後頭部が敷居に叩きつけられた。

　大きく見開かれた目には未だ「信じられぬ」といいたげな光が残っていた。

　眉間に真っ赤な大穴を開けられた山根の顔面を見るなり、賞金稼ぎ連中からどよめきが起こった。

「馬上筒（ばじょうづつ）か！」

　田嶋が愕然とした表情で叫び、紅雀に振り返った。

「しかも、二連発だ」

　馬上筒とは火縄銃と区別するための呼び名で現代でいう拳銃である。馬に乗った者が良く使用したので馬上筒、あるいは馬筒（うまづつ）といった。

　通常の馬上筒は単発式なので、一発撃ち終えたら、それきりである。

　そのため、狙いを外したら相手を殴り倒せるよう台尻が頑丈に出来ていた。

　天保十年、一八三九年当時には、米国で、すでに五連発リボルバー式のコルト・パターソンが実用化され、大量生産されていたが、関東の無頼漢がそのような最新式の拳銃をもつべくもない。

立て籠もり一味の一人が持っていたのはガメソン式二連発銃を国友(くにとも)の鉄砲鍛冶(かじ)が模造した昔ながらの馬上筒であった。

だが、それが命中した時の破壊力は凄まじく、悪四郎の名で知られた腕利きの賞金稼ぎを一瞬で骸(むくろ)に変えてしまったのである。

二連銃を仕舞いながら目の細い男が叫んだ。

「その小汚ねえ死骸(しがい)を、早えとこ、片付けやがれ」

さらに一息置いていい足した。

「安心しな。ホトケを片付ける奴にゃぶっ放さねえぜ」

賞金稼ぎたちは互いの顔を見合わせた。誰が音頭を取るでもなく、三、四人が虱屋敷の玄関に駆け寄り、敷居を枕に死んでいる山根彦四郎の死骸に手を伸ばし、そそくさと虱屋敷の外へと運び出した。

死骸が運ばれるのを、いつの間にか二階から降りてきていた立て籠もり一味の者が土間から見張っていた。

その中に仙蔵がいるのを紅雀は目ざとく見つけたが、

「おい」

田嶋が肘(ひじ)で突(つつ)いて、

「二階を見てみろ」

と小声でいった。

「……」

いわれるままに紅雀が見上げれば、ついさっきはいなかった男がたった一人で二階の窓辺に立ち、腕組みしたまま、地上の様子を眺めていた。

長身の男であった。身の丈六尺、一八〇センチは軽く越えている。そのうえ肩幅が広くて胸板が厚い。屈強な体軀の上に、精悍きわまりない顔があった。

大きくて鋭い目つきはまるで狼だ。炯々(けいけい)たる眼光を放つ双眸(そうぼう)で賞金稼ぎと、山根彦四郎の遺骸を見たが、地上の紅雀と田嶋に気がついたか、二人に目を止めた。そのまま注視する。

紅雀は加賀笠の下から睨み返した。

空中で二階の男と紅雀の視線がぶつかりあう。火花が散るような緊張が走った。

田嶋が紅雀に囁いた。

「あやつが天城の深十郎。……かつては高波軍兵衛の懐刀(ふところがたな)と呼ばれた男だ」

紅雀は加賀笠の下から二階の男を見つめた。その視線に自然と憎しみや殺意や怒りが漲(みなぎ)ってくる。

視線で人が殺せるものならば殺してやりたい。

と紅雀は思っているように見えた。

不意に天城の深十郎は顔の前で蚊を払うような仕草で手を振った。

「や、深十郎め。こっちに気づいたか」

田嶋がそんなことを囁けば、二階の深十郎は突然、唇に笑みを拡げた。

挑んだような笑みだった。

ただし、それは田嶋と紅雀の二人を挑発したのではない。

紅雀ただ一人を挑発したのである。

それを感じ取った紅雀は沈黙のうちに加賀笠を縦に振った。

四

「先生方、旦那様がお呼びにございます」

素早く二人に駆け寄った重二郎にいわれて、紅雀と田嶋は備中屋に戻った。

玄関の敷居を跨げば、風屋は上り框に正座している。

二人を待っていた様子なのに気づいて、田嶋は相手が何かいうより早く口を開いた。

「どうした？　俺たちのことを役立たずなんて呼ぶなよ。見かけばかりで、これっぽっちも役に立たなかったのは、山根悪四郎一人だ。俺たちを責めるのは御門違(おかどちが)いだ」

「滅相もございません」

と、風屋はかぶりを振った。

「山根さんに文句はいっても、貴方様方には何も申す事など……」

「そいつは良かった」

といいながら田嶋は上り框に腰を掛けると、奥のほうから恐々(こわごわ)と玄関を覗いている備中屋の小女に振り返り、

「馬上筒なんて見慣れぬモノを目にしたんで喉が渇いた。酒か、水を持ってこい」

「は、はい……」

小女は蒼ざめた顔で引っ込んだ。

引っ込んだほうに田嶋は大声でいい足した。

「それから麻縄を持ってこい」

「はい？　なんでございましょうか」

と震え声が返されたほうに、田嶋は繰り返した。

「麻縄を一束だ」

「は、はぁい」

　小女の返事を聞いた田嶋は、今度は風屋に向き直って尋ねた。

「不躾な質問だが、お前、山根に幾ら払ったんだ？」

「はい、手付けとして、まず十両お支払いしまして。娘を救い出したらあと二十両という約束でございます」

「ふん。悪四郎のほうが俺より五両も多いのが気に食わんな。……まあ、いい。細かいことを申すと、せっかくの金運が逃げそうだからな。風屋よ、山根の失態を見て、申したいのだが――」

「なんでございましょう」

　風屋が改まったところに、小女が徳利と縄束を持ってきた。

　ご丁寧に二つとも膳に載せているのを見て、

「とんだ御馳走だな」

　と田嶋は吹きだした。

「あっ、すみません」

「いいさ。いいさ。大したことではない」

　田嶋は膳を受け取り、框の傍らに置いた。

徳利を無造作に持ち上げて、栓を口で開けると、そのまま音を立てて酒を呑んだ。一息に一合ばかり呑み干した田嶋は、

「ふう、これは焼酎ではないか。……次からは上酒を持ってこいよ」

そういって顔をしかめたが、徳利を離そうともしない。

「田嶋様、今、何事か、わたくしにおっしゃりかけたようでございますが。何でございましょう？」

風屋が問えば、そちらに振り返りもせず、田嶋はいった。

「この紅雀と俺が無事に娘を救いだしたなら、山根に払う予定だった金額を、俺と紅雀の賞金に上乗せしろ」

「上乗せ……」

「ご公儀のみか諸藩出入りの風屋喜兵衛だ。それくらいの金、ほんの洟紙代だろう」

「は、は、は、洟紙代ということはございませんが、造作もないことで」

風屋は両膝に手を置いた。

「造作もない金ではございますが。……田嶋様。紅雀様」

と、風屋は改まった調子になると尋ねた。

「本当に、娘を無事に、立て籠もり一味から助け出して頂けるのでございましょうね」

「まかせておけ。我に策あり、だ」

「ならば、それを信じて……」

疑わしげに風屋がいった時である。

ビュッ、という音が外からしたかと思うと、備中屋の長暖簾を貫いて一本の矢が玄関に飛び込んできた。

矢はそのまま一直線に進み、重二郎の控えたあたりの柱に突き刺さる。

「よく読んでおきやがれ」

外からそんな声がして、人の駆け去る足音が遠ざかっていった。

突き立った矢には紙が括りつけられている。

「矢文とは古風な真似を」

と田嶋は鼻白んだ。

矢文を解いてそこに記された文面に目を落とした重二郎は、

「旦那様！」

矢文を振って風屋に呼びかけた。

「こ、これをご覧下さいませ」

「なんだというのだ」

風屋は重二郎のほうに寄り、差し出された矢文を受け取った。

矢文を読みだした風屋をそっと指差すと、田嶋は苦笑混じりに紅雀に囁いた。

「今度は何だろう？　立て籠もった人数分の女でも連れてこいというのかな」

紅雀は風屋を見つめたまま、

「おかしい」

と呟いた。

「え？　なんだ？　拙者の軽口が気に障ったか？」

「違う」

紅雀はかぶりを振って声をひそめた。

「風屋の態度のことだ。本庄宿に来た時から、ずっと、おかしいと思っていたが。何が、どうおかしいのか、分からなかった。だが、今、ようやく気がついた」

「何を？」

「風屋の言動だ」

「……奴の話なら筋道は通っているし、別におかしなところは感じなかったが」

「一人娘が無頼漢五人の人質に取られているというのに、風屋は、わたしたちの前で娘の心配をしているところをほとんど見せてはいない。あの男が見せたのは金の心配と、わたしへの興味だ」

「なんだと……」

「普通の親なら何よりも娘の無事を案じて半狂乱になる。あるいは、どうして早く動かぬと、雇った人間に食ってかかるものだ」

「……」

「少なくとも女賞金稼ぎの師匠のことなど、知りたくもないはずであろう」

田嶋は眉をひそめたまま、重二郎と顔を寄せてなにやら話し込んでいる風屋をじっと見つめて、

「此度（こたび）の一件、裏があるというのか？」

「わたしはそう感じたので、風屋と番頭の言動から目を逸らさぬようにしている」

「ふむ」

田嶋は得心した顔になってうなずいた。

「悪四郎の二の舞は御免だからな。お前の女の直感、せいぜい、心しておこう。それはともかく提案があるのだが。お前、ちょっと捕まってくれぬか？」

「どういう意味だ？」

「俺に騙されて向こうに売られた振りをしてくれ。そうして内部（なか）に侵入したら、お前は内

部から斬り崩す。一方、俺も外から突入して、お前と娘を救う。これでどうだ？」

「お前が信用できるという保証は？」

「まったく、ない」

二人だけにしか聞こえない小声でそこまでいうと、風屋と重二郎に振り返って呼びかける。

「おい、ちょっと、いいかな」

「なんでございましょう」

風屋と話すのを止めた重二郎が答えれば、

「手を貸してくれんか」

「何をいたせば宜しいので？」

問われて、田嶋は腰の太刀を抜いた。

「命が惜しければ俺のいうことを聞け」

「な、なんですって……」

驚いて問い返した重二郎の鼻先に剣先を突きつける。軽く押せば剣先が重二郎の鼻を浅く斬り、鼻のてっぺんから血がポタポタと滴った。

「紅雀も見ておけ。お主が抵抗したら番頭の鼻を削ぐ。それでも大人しくしない場合は番頭の耳を削ぎ、目を刳りぬくぞ。こいつの顔がなくなるまで、紅雀、お主、頑固を通し続けられるかな？」

「……田嶋、お前、何を考えている？」

紅雀が眉をひそめて問えば、田嶋は明るく答えた。

「俺にとって最高にいいことだよ、ご同輩」

それから田嶋は膳に載った縄束を顎で指し示していった。

「こいつで紅雀をふん縛ってくれ」

一瞬、田嶋を睨んだ紅雀に、

「済まんな。こういういいことも、アリなのだ」

と、田嶋はニヤリと笑いかける。

「何をなさろうというのでございます？」

予想もしなかった田嶋の言葉に、風屋がうろたえたように訊き返せば、

「なに。お主らを裏切って紅雀を立て籠もり一味に売りつけようと思ってな」

悪びれもせずにいって、田嶋は急に笑いを拭うと、厳しい調子で重二郎に命じた。

「何をしておる。早く紅雀を縛らぬか」

「い、いや、しかし……」

重二郎は躊躇(ちゅうちょ)して必死で風屋と紅雀の顔色を窺う。

そんな重二郎を見て田嶋は唇を歪めて舌打ちした。

「見てられんな」

そう呟くや、愕然としている風屋の傍らに駆け寄り、素早く抜いた刀を風屋の首に向けた。

「早く縛るのだ！　早くせぬと、貴様の顔どころか、ここにおる主人の首が、胴と泣き別れだぞ」

その剣幕に重二郎は、

「はい。はいっ。只今――」

縄束を取って紅雀に小声で詫びた。

「お許しください。こういたしませぬと主人が殺されるのです」

「……」

紅雀はむっつりと手を後ろに回した。その手を取り、重二郎は、まず左右の親指を合わせてその上で手首に縄を絡(から)める。

「――」

紅雀の瞳が背後で縄を使う重二郎へと流れた。重二郎が小声でいった。

「わたくしに考えがございます。どうぞお任せを」

(何をどう任せろ、というのだ?)

紅雀が重二郎に振り返ろうとすると、

「しっ、そのまま……」

と囁いて重二郎は素早く縄を操った。

「………」

紅雀は伏し目となって、重二郎の囁きに従って、縛られるに任せることにした。

「縄尻は俺に渡せよ」

田嶋にいわれて重二郎は、

「お立ち願います」

と囁いて紅雀を立たせた。

静かに立った紅雀の縄尻を受け取ると、田嶋は、

「では外へ参ろうか」

「………」

紅雀を前に進ませ、田嶋は、備中屋の玄関から表通りに出た。

そんな二人の姿を目にして、表通りに集っていた賞金稼ぎ連中からどよめきが起こった。

「何の真似だ」

「気でも触れたのか、田嶋」

そんな声が田嶋に投げられる。

縄尻を取った田嶋は紅雀を歩ませながら、睥睨（へいげい）するように賞金稼ぎ連中を睨み渡した。

「見ての通りだよ、ご同輩」

そう答えて田嶋は紅雀に、

「まずは、きりきり歩かれい」

にやにや笑いながら命じた。

紅雀はいわれるままに進みだしたが、二、三歩ほど歩んだところで、軽く肩越しに振り返った。

「まだ行き先を聞いてなかったが？」

「知れたこと。――風屋の虱屋敷だ」

きっぱりと答えた田嶋は周囲を見渡すと、家々から様子を窺う宿場の人々や、後ろからゾロゾロとついてくる賞金稼ぎ連中、さらに虱屋敷の二階から外を見張っている立て籠もり一味にまで聞こえるような大声で叫んだ。

「田嶋秀之進 源 幸利（みなもとのゆきとし）、たった今、天城の深十郎殿に寝返ったぞ！」

第四章　寝返りの報酬

一

山根彦四郎の破った木戸は片付けられて、虱屋敷の玄関の内側には、内蔵から土間に運んだ米俵や炭俵が積まれて障壁となり、外から突進出来ないようにされていた。

どうやら山根彦四郎が斬り込んできたので、立て籠もりの一味は、大急ぎで玄関に防御の障壁を積み上げたようである。

その玄関先まで田嶋は紅雀を進ませると、

「頼もう。誰か出てこい。頼もう」

屋敷中に響き渡るような大声で呼びかけた。

玄関の前に山根彦四郎の死体はない。

すでに宿場役人が片付け終わった後だった。

それでも俵の山の間から覗いた敷居のあたりに茶褐色の血溜まりが残っている。

その血溜まりに影が差したと思ったら、

「誰だ」

陰気な声が返された。

俵の陰から頬がげっそり削げた顔が現われる。

田嶋は俵の谷間に現われた痩せた男に微笑んだ。

「田嶋秀之進という者だ。お前らの頭目に挨拶したい」

「二階から見てたぜ。てめえも、その加賀笠も賞金稼ぎだろう」

俵と俵の隙間から銃口が狙っている。

それに気づいて田嶋の片目がヒクリと痙攣した。

馬上筒使いだ。

山根彦四郎を仕留めた男である。

田嶋は乾きかけた唇を舌先で湿らせると、

「それを申すなら、元賞金稼ぎだよ」

思い切りとぼけた顔と口調で答えた。

「なんだと」

「確かに、貴公たちを始末するため、本庄に呼ばれたのだがな。悪四郎の死に様と、貴公らの強さを見て気が変わった。二両や三両の端金で、たった一つの命を無くしては元も子もない。だから、賞金稼ぎはやめて、天城の深十郎に寝返ろうと思ったのだ」

「ふざけるねえ！」

馬上筒の男とは別な、複数の男たちの声が吠えた。

目を凝らせば、三つほどの人影が見える。いつの間か障壁の後ろに、天城の深十郎の子分が集まっていた。

「拙者はふざけておる訳ではない。敵に寝返るのは裏切りじゃないぞ。古くからある兵法の一つなのだ。合戦の場で敵将に感服し、自軍の将に絶望した時は、敵軍に寝返るのも、また武士道を貫く一つの方策。鎌倉の戦いにおいて、佐々木道誉が北条高時から足利尊氏に寝返った故事を知らぬのか」

「知るか、馬鹿野郎」

怒号と同時に銃声が轟き、紅雀と田嶋の足元で地面がめくれあがった。

だが、紅雀は顔色一つ変えない。

田嶋秀之進も驚くどころか、

「弾丸の無駄遣いはやめろ。屋敷は三十人からの賞金稼ぎと、宿場役人に取り囲まれてるぞ。いずれ八州廻りも、道中奉行の手の者もやって来る。そうなれば合戦だ。弾丸は一発でも多いほうが良いし、味方は一人でも増やしておくが良い」

などと諭すようにいって、玄関に集まってきた連中にニヤリと笑いかけた。

それを聞いた三人から、

「……畜生。口の減らねえサンピンだ」

忌々しそうに呟く声が聞こえた。

「口が減らぬばかりではない。拙者は腕も立つぞ。見ろ、風屋が大金を出して呼び付けた、賞金稼ぎの紅雀をこうして縛して連れてきた」

田嶋は自慢げにいうと、

「さあ、拙者のいうことが分かったら、早いとこ、天城の深十郎に取りつがんか」

そう続けた。

すると、田嶋の言葉が終わらぬうちに、朗々たる声が返された。

「天城の深十郎だったら、ここにいるぜ」

紅雀は反射的に声のしたほうに瞳を流した。

その声が帯びた気迫に、田嶋はハッとしてそちらに振り返る。

俵の山の谷間から浅黒い顔が紅雀と田嶋を睨みつけていた。

額や頬や顎に傷跡が白く光っている力士のような大男だ。

二階にいる時にも大きく見えたが、こうして地上で、一間（けん）と離れていない距離で相まみえると、その巨軀が一層はっきり分かる。

深十郎の圧倒的な存在感に威圧されながら田嶋は尋ねた。

「あ、天城の深十郎殿か？」

「くどい」

破鐘（われがね）のような声でそう決めつけられただけで、普通の武士なら、気圧（けお）されてしまい、腰が引けてしまいそうだ。そんな声で深十郎はいった。

「用件とやらを聞こう」

「ああ」

うなずくついでに唾を呑みこんでから田嶋はいった。

「仲間になりたい」

「………」

「賞金につられて風屋に雇われたが、悪四郎がやられたのを見て、この仕事は間尺に合わんと悟った」

田嶋は口早に説明した。

「………」

「たった三両で風屋に味方して馬上筒で風穴を開けられては、たまったものではない」

「………」

「それよりは貴公の配下となって風屋を脅し、なにがしかの分け前に与（あずか）ったほうが利口というもの」

「………」

「只で子分にしろとは申さぬ。ほれ、こうして、紅雀と申す腕利きの賞金稼ぎを手土産（てみやげ）に参った。紅雀の名は貴公も知っておろう。女だてらの凄腕で、上州や武州（ぶしゅう）や相州の悪党はその名を聞いただけで逃げ出すほどだ。今回も、風屋が大前田の英五郎に口をきいてもらって、大枚二百両で雇い入れたのだ。だが、それだけではない。噂によれば、この紅雀、高波軍兵衛の首を狙っているという。どうだ、そんな紅雀を土産に持ってきたのだ。これは拙者の誠意を信じるしかなかろう？」

深十郎は何もいわず、ただ黙って聞いていたが、田嶋がそこまでいった時、

「へえっ、そうかい」

と浅黒い顔に苦笑を浮かべた。

「おお、拙者を信じてくれたか!?」

そういって喜んだ田嶋が玄関に近づこうとすると、深十郎は鋭く制した。

「動くんじゃねえ！」

田嶋がピタリと足を止めれば、深十郎は傍らに向いて訊いた。

「よう、仙蔵。おめえはどう思う。このサンピンの言葉、信じられるかな？」

「そうでがすね……」

俵の谷間に中年男が現われた。大店の小番頭とでもいった容貌だが、丸顔の左、額から目のすぐ下に掛けて長い傷が黒く刻まれている。

（仙蔵……！）

紅雀の瞳の奥で青い稲妻が閃いた。

後ろに回された手を思わず握りしめる。

だが、加賀笠の下で、顔はあくまで無表情を保っていた。

俵の向こうで仙蔵は薄ら笑いを湛えて答えた。

「仲間なら腹を割り、ハラワタの底の底まで見せてもらわなくちゃ信じられやせんや」

田嶋は瞬（まばた）きして仙蔵に訊いた。

「この場で腹を切ってみせろとでも？」

「とんでもねえ。そんな血なまぐさい見世物はこっちから願い下げで」

「では、どうしろと申すのだ」

「さいでがすね……」

と、仙蔵は下顎を撫でながらいった。

「ま、番所に集まった捕り方か、代官所の役人の一人二人も、お頭と俺たちの前で斬って見せてくれれば信じもするでしょうがね」

と仙蔵は値踏みするような横目で田嶋のことを見やった。

「うむ。いい考えだ」

得たりとばかりに真っ白い歯を見せて笑うと、深十郎は田嶋にいった。

「貴様、いま仙蔵のいったこと、この場で出来るか？」

「宿場役人か番所の捕り方を二、三人、お前たちの面前で斬ればいいのか？」

田嶋が問い返した。

深十郎と仙蔵は笑いながらうなずいた。俵の山の後方で他の二人も笑っている。

「よかろう。やって見せよう」

と田嶋はうなずいた。

それを聞いた深十郎は俵の後ろの子分に呼びかける。

「おう、梅太郎（うめたろう）はどうした」

「奥座敷で風屋の娘を見張ってやす」

「面白い見世物が始まると、ここに呼べ。風屋の娘と一緒にな」

「へえ」

答えた男は奥に引っ込んだ。

程なくして若い男が娘の袖を乱暴に引いて現われた。

花菱文様の明るい振袖をまとった娘は十五、六というところか。髪油と香袋の芳しい香りがその身から漂っていた。

紅雀は素早く娘を観察した。

躑躅（つつじ）の花にも似た容貌は少しも風屋に似てはいない。美しい。だが、あまりにも疲労の色が濃かった。

隈（くま）で縁取られた大きな目は虚（うつ）ろで無表情だったが、着衣の乱れはない。

乱暴はされていないようだった。

「お頭、見世物っていうのは？」

「見てな。今、これから、あそこの侍が役人をぶった斬るとよ」

「それは……また……どうしてでござんす？」

梅太郎が戸惑い気味に尋ねれば、天城の深十郎は田嶋のほうをチラと見ていった。

「それは俺がそうしろといったからさ」

次いで深十郎は、俵の山を滑るように抜けて土間に出ると、田嶋に命じた。

「それじゃあ、お前の腕を、見せてもらおうか」

田嶋は黙ってうなずき、紅雀の縄尻を深十郎に預ける。それを目にして深十郎の子分どももゾロゾロと俵の山を縫って土間に出てきた。

梅太郎に引かれて、お千夏も土間に進み出た。

立て籠もり一味も人質も、皆、広い土間に出てきた格好である。

「よし……」

意を決したように呟いて、田嶋秀之進は外に出た。

左手で刀を押さえたまま歩きだす。

その後に従って天城の深十郎と子分どもも表に出た。一同は田嶋の後ろ姿を注視した。

田嶋は刀を押さえたまま、歩いていった。

進む田嶋の前で、賞金稼ぎ連中が二つに分かれた。

その中央を田嶋は芝居の花道のように進んでいく。

進む先は本庄宿の番所である。

番所の前まで来ると、田嶋は叫んだ。

「こら、役人でも捕り方でもいいから早く出てこい。お前らを二、三人斬らんと、こっちは話が始まらん。さっさと出て来んか。出てきたらチャッチャッと斬り殺して、俺は寝返らせてもらうぞ」

完全に役人や捕り方を小馬鹿にし、思い切り挑発したいい方だった。

腰高障子の向こうで乾いた音があがった。なかにいた役人が腰掛けを蹴って立ち上がった音だ。

これまで如何(いか)なる騒動を見聞きしても「これは内輪のこと、きっと早々に片をつけますゆえ」と風屋に頭を下げられ、幾ばくかの賂(まいない)を貰って、「見ざる・聞かざる・言わざる」を決め込んでいた役人だったが、声高(こわだか)に「出てこい」だの「斬り殺す」だのといわれては、黙殺する訳にはいかない。

男が三人、番所から飛びだしてきた。

羽織袴姿の侍が二人、小袖を尻端折りにした町人が一人。開け放たれた障子戸の奥に、さらに怯えた顔の町人が二、三人見える。侍は代官所の役人。町人は役人から十手を預けられた宿場の顔役だった。

目の前に現われた三人を見て、田嶋は拍子抜けしたようにいった。

「なんだ。青二才二人に爺さんが一人か。芝居みたいに十人くらいの捕り方が出てくるかと期待していたのにな」

それを聞いた二人の役人は刀を押さえた。

「貴様、我らを愚弄いたすか」

それを見た田嶋は面倒くさそうにいった。

「愚弄も苦労もあるか。こっちは急いでおるのだ。早く斬り掛かって来い」

それから駄目押しのように役人たちの足元に唾を吐き捨てた。

これには代官所の者も宿場の顔役も一様に怒った。瞬く間に顔が紅潮して歪んでくる。

「貴様、いったな」

「この痩せ浪人めが」

役人は同時に刀を抜き放った。

「てめえ」

と顔役も腰の十手を抜いて身構える。

得たり、とばかりに田嶋が笑った。

真っ白い歯列を見せると同時に、田嶋は地を蹴った。

二人の役人と顔役が、ハッとした時には、田嶋の刀はすでに宙を奔っていた。

鈍い音が三度、番所前に響いた。何処か気の抜けた——緊張感のない音だった。

だが、田嶋の様子を遠巻きに眺めていた賞金稼ぎはいずれも、その音を耳にして目を背けた。

田嶋が三人の背後まで駆け抜けて、刀を振った。

三人は田嶋の後ろで、身構えたまま、まだ立っていた。

田嶋は刀を納める。

パチリ、という鍔鳴り(つばな)が、やけに大きく響いた。

と、それを待っていたかのように、三人はほとんど同時に倒れた。

「今川流居合術……」

賞金稼ぎ連中の中から呻きに似た声が洩れた。

どうやら田嶋はこの居合の腕前を見込まれて風屋に高額で雇われたようだった。

だが、いま、天城の深十郎に寝返った田嶋は懐手になると、飄然(ひょうぜん)とした足取りで虱屋敷に戻ろうとする。

「うん……？」

不意に田嶋は妙な声を洩らして足を止めた。

「手応えが気に食わん。斬り損ねたかな」

そう独りごちると身を返した。

倒れた三人の死体を一つずつ検める。

顔役の死体の頭を横にして、首の付け根から耳の下あたりに顔を近づけた。

「やはり駄目だ。どうも踏み込みが甘かったな。でも死んだから、いいか」

と洩らしてから、

「細かいことをいっても仕方ない。数の内だ」

顔をしかめて立ち上がり、また懐手になって歩きだした。

本当に虱屋敷に向かうようだ。

番所の中で目で会話した町人が三人、外に飛びだした。

斬られた十手持ちの子分——手下、下っ引きと呼ばれる者のようである。

三人は引けた腰で六尺棒を構え、田嶋に呼びかけた。

「ま、待て！」

「何か用か」

田嶋が笑いながら振り返った。

下っ引き三人はそれだけで金縛りになってしまった。

こちらを見つめている下っ引きに田嶋はいった。

「薄馬鹿みたいに見てないで、とっととお前らの親分と代官所の役人の死体を始末しろ」

田嶋の口調が自然だったのか、三人は、

「へえ」

と役人に命じられたように返事をした。

「ちゃんと車に載せて運べよ。番所の中に男三人の死体は入らんだろうから、備中屋に運べ。備中屋には、風屋の番頭で重二郎という奴がいる。そいつに『この三人は田嶋秀之進からの置き土産だ。詳しいことは親分の死体に訊け』と、そう伝えて、死体を引き渡すんだ。風屋の機嫌が良ければ、駄賃くらいはくれるかもしれんぞ」

「……………」

下っ引きが蒼ざめた顔を縦に振った。

田嶋はそれを確かめもせず、鼻歌など歌いながら虱屋敷に戻っていった。

虱屋敷の前では天城の深十郎と、その配下四名が田嶋のことを注視している。一味の前まで来た田嶋は、

「縄尻を戻してもらおうか」

天城の深十郎に手を差し出した。

深十郎は苦笑とも感服したともつかない笑みで唇を歪めて、縄尻を田嶋に戻すと、

「肝の据わった野郎だな」

といった。

「試験は合格か」

「ふん。腕もまあまあ使えるようだ。気に入った。中にはいれ」

「やれやれ。これで食い扶持にありつけた。有り難い」

田嶋がそんなことをいいながら、紅雀を引いて屋敷の中に進もうとすると、

「待て！」

深十郎は田嶋を止めた。

「なんだ。また試験か？」

田嶋が問えば、深十郎はかぶりを振って命じた。

「その紅雀とやらは、仙蔵に預けろ」

深十郎の命令に、紅雀と田嶋は同時に眉をひそめた。

二

浪人者が一瞬で三人を斬り伏せた後の番所である。

虱屋敷に入った浪人が戻って来る様子がないと見て、宿場の住人たちは恐る恐る家から出てきた。

番所前には三人の死体が転がったままだった。

「備中屋に運ぶのを手伝ってくれ」

下っ引きに請われて、宿場の者たちは車を取りに行ったり、折り重なるように転がった死体を横一列に並べたりしはじめた。

ただし、立ち働く一同の動きは皆、手足が重い鎖で縛されたようだった。

一様に鉛色の顔と死んだ魚のそれのようになった目が、宿場の人間は、すでに何もかも諦めたと語っていた。

やがて大八車が引かれてきて、三人の死体が、のろのろと荷台に移された。

その上に莚(むしろ)を掛け、下っ引きは三人がかりで車を備中屋まで運んでいった。

大きな音を立てて車が玄関前に横付けされると、備中屋の中から重二郎が飛び出した。

重二郎は大八車に積まれた三人の死体を見ると、悲鳴混じりに叫んだ。

「なんですか、これは!?」

「田嶋とかいう浪人者が斬り殺したのですが、こちらに運べといわれまして」

「田嶋さんが……」

重二郎が眉を上下させると、備中屋の奥から風屋も現われる。

「なんだ!? なんの騒ぎだね」

「旦那様、実は、田嶋さんが、この仏様をこちらに運べと命じたのだそうでして。……え
え、何の嫌がらせやら……」

忌々しそうに虱屋敷のほうを見やった重二郎を押しのけて、風屋は大八車に歩み寄った。

「これを田嶋が……」

と死体に掌を近づけた。

「それで。田嶋は何かいってなかったか?」

「へえ。――『この三人は田嶋秀之進からの置き土産だ。詳しいことは親分の死体に訊
け』と……」

「親分の死体に訊け、だと?」

風屋は車に積まれた宿場の顔役の死体にそっと触れてみた。

「や、これは!?」

風屋は慌てて手を引いた。

それに驚いた重二郎が反射的に身構える。

「旦那様、如何なさいました」

きっとなって、風屋はいった。

「い、生きている」

「なんですって」

「親分は生きているといったんだ」

顔役の体を押しのけて、風屋は、その下の二人の役人の死体にも触れてみた。

「こっちもだ。こっちも生きている」

「なんですって……」

下っ引きと備中屋の者の手を借りて、三人の体を土間に移すと、風屋は顔役の半身を起こし、その背に膝で喝を入れた。

「やっ」

「む……」

と一声洩らして、顔役は気がついた。

肩を上下させて大きく呼吸する。

顔役の前にしゃがみこみ、風屋は訊いた。

「親分。何があったんだね」

「あの浪人者に斬られた、と思った途端、目の前が真っ暗になりやして。膝から下の力が抜けて、そのまま、地面に倒れてしまいやしたが、頭はしっかりしたままで、音は聞こえる有様で」

「峰打ちで身の自由だけを奪ったのか。……したが、田嶋の奴、どうして皆を斬らず、峰打ちにしたんだろう」

「へえ。それなんでさ。野郎、お屋敷に戻ったと思ったら、『斬り損ねたか』とかヌカして、あっしのほうに屈みこみやして。この耳に口を寄せやがると、『今のは峰打ちだ。少しばかり金縛りにあうが、小半刻もしたら自然に元に戻る。……俺は寝返った振りをして屋敷に潜入する。そっちは急いで八州廻りを呼べ』って、そんなことを囁きやがったんで」

「そんなことを田嶋が……」

愕然として風屋は宙を仰ぎ見た。

三

紅雀の腰の刀と、懐の万力鎖は、天城の深十郎の指示で取り上げられた。

取り上げたのは田嶋である。

深十郎に命じられて、

「悪く思うなよ、ご同輩。その加賀笠と着ている黒合羽を取り上げんのが、せめての武士の情けだ」

田嶋はそんなことをいって笑いながら紅雀の武器を二つ取り上げたのだった。

「やい、きりきり歩け。この野良犬野郎」

野末の仙蔵は、紅雀を罵ると、縄尻を取って、屋敷の奥へと進んでいった。

さすがに中山道一の豪商の屋敷だけあって長くて入り組んだ廊下は隅々まで清められている。

その長い廊下を歩かせる間、仙蔵は紅雀に何もいわなかった。

仙蔵は、紅雀が自分たちが殺した高崎藩勘定吟味役の娘で、自分がその従者を殺したことも、己れの頬に黒い傷跡を残した人物の弟子だということも未だ知らないのだ。

だが、紅雀は、記憶している。

仙蔵に対する憎しみを忘れることなど出来よう筈はなかった。

紅雀はそっと唇を噛んだ。

下唇をちぎりそうなほど強く噛みしめた。

形の良い唇に血が滲む。

それが紅を引いたように見えた。

(仙蔵を殺すことなら今でも出来る。それより、目下は田嶋のいったように虱屋敷の内部から斬り崩すのが先だ)

紅雀は己れにそういい聞かせて、仙蔵への攻撃を制した。

長く入り組んだ廊下は、ほどなく行きどまりとなった。

突き当たりは壁ではなく、木戸である。

木戸は心張り棒で開かないようにされていた。

(納戸(なんど)か)

と紅雀は思った。

(内から開かないようにしている。……ということは、人質はこの納戸に閉じ込められている……)

仙蔵は心張り棒を外して木戸を引いた。

戸口の向こうはやはり納戸である。

「貴様をどう料理するか決まるまで、ここで首を洗って待ちやがれ」

といって、後ろ手に縄を掛けられた紅雀の背中を力任せに押して、納戸の中に叩きこんだ。

紅雀は身の均衡を崩した振りをして床に倒れ込んだ。

それを見て仙蔵は、

「ざまあみやがれ。賞金稼ぎの野良犬野郎め」

などと吐き捨てると、大きな音を立てて木戸を閉じた。

心張り棒を掛ける音がした。

さらに木戸を引いて開かないことを確かめる音が聞こえて、野末の仙蔵は去っていった。

完全に仙蔵が離れたと見て、紅雀は、床から起き上がった。

闇の中でハッと息を呑む気配がする。

「………」

相手を確認すべく紅雀は五感を凝らした。

小箪笥や小さな卓や衝立(ついたて)の類が雑然と置かれた納戸の隅に、女が身を縮めている。

風屋の一人娘お千夏だった。

お千夏は震え声で尋ねた。

「どなたです？」

「お前の父親に雇われた者だ」

紅雀は低く答えた。

「お父っつぁんに雇われたって……。わたしを助けるためですか」

「そのためだと聞いてきた。だが、風屋はその他のことにも、わたしを働かせたがっているようだ」

「なぜ、縛られているのです」

「仲間が寝返って、わたしを天城の深十郎に売った。お前も見ていただろう」

「あっ、さっきの……あの人……」

「そうだ」

億劫そうに答えながら、紅雀は両手を縛めた縄を外そうと、腕を動かした。

縄は簡単に解けた。

紅雀が両肘を上げれば、縄が床に音もなく落ちた。

重二郎の縛った縄の結び目は少し動かせば容易に解けるよう細工されていたのだ。

縛られた時に紅雀は、

（この男、ただの番頭ではない）

と直感したのだが、いま、この「忍び縄」を解いて、その感は一層強まった。

（重二郎には忍びの心得がある）

重二郎の縛り方は「仮縄」という、一見かたく縛ったように見せかけて、実は容易に解ける縛り方である。このような縄の使い方は、忍びか盗人でなければ簡単にできるものではなかった。

だが重二郎が紅雀にした細工は、これだけではない。

「………」

紅雀は自由になった手を何度か屈伸させると、掌を上にして指を開いた。

紅雀の後ろに回した手に、重二郎が針金を握らせたのである。

掌には丸めた針金が載っていた。

紅雀は針金を摘み、静かに伸ばしていった。

丸めた針金を伸ばせば、長さは約三尺、九〇センチほどある。

普通の針金ではない。髪の毛のように細くてしなやかだが、きわめて強靭な針金だ。

こちらも忍びや盗人でなければ手に入れられないような代物だった。

(万一の時には、この針金を武器にしろという意味か)

紅雀は針金の先を左の袖口に刺した。

長くて弾力に富む針金は、そのまま、袖の布地に吸い込まれていった。

次いで、紅雀は腰に手を回した。

帯の腰辺りには小さな布袋が提げられていた。

その大きさや膨らみから武器が隠されているとは思われず、それゆえ取り上げられなかった袋だった。

その布袋を帯から外し、紅雀は中から蠟燭と火打石を取り出した。石を打って蠟燭に素早く灯を灯し、床に立てた。

納戸の中が光に照らされる。

小さな蠟燭の灯だが、お千夏は光を目にして安堵したようだ。大きな溜息を洩らし、唇が緩んだ。

紅雀はそんなお千夏を見つめて、

「怪我は？」

ぶっきらぼうに尋ねた。

お千夏は黙って首を横に振った。

「大丈夫です」

「殴られたりしなかったか？」

「初めのうちこそ、嫌がったり、逆らったりしたら、頬を張られましたけど。……それだけです」

「そうか」

紅雀は鋭く目を凝らし、お千夏を観察した。

顔に殴られたような痣はないが、頬に薄く手の跡が残っている。

お千夏の言葉は本当らしかった。

(無造作に家人を殺し、つけ火もしたりするが、屋敷の女には決して手を出さない。……高波六歌仙の特徴だ。天城の深十郎は、まだ律儀に、六歌仙の掟を守っているのか?)

と、そこで紅雀は、先程、お千夏の手を引いていた梅太郎とかいう男を思い出した。

少しばかり整った顔の三下である。

(梅太郎は妙にお千夏に馴れ馴れしいように見えたが)

紅雀は眉をひそめると、お千夏に尋ねた。

「一味の誰かに犯されなかったか?」

「そ、そんなこと……」

お千夏は言葉を詰まらせ、振袖の襟元を直した。

「なまじ、自分は面相が良いと自惚れている男は決して力ずくで女に手を出さない。優しく迫って、女が自分から心を開くよう仕向けるものだ」

紅雀は冷たく断じた。

「そんな……わたし……」

薄闇の中で、お千夏は自分にいいきかせるように何度もかぶりを振った。

そんな反応を無視して紅雀は尋ねた。

「梅太郎とかいう若い男はお前に、俺が助けるから安心しろ、とか、決して仲間に乱暴はさせない、といった甘い言葉を口にして安心させようとはしなかったか」

お千夏は息を呑んだ。

「図星か」

紅雀は冷たくいい放った。

「わ、わたしは……別に……あんな人の言葉なんか……」

何かいおうとしたお千夏の言葉を遮って、

「わたしには、どうでもいいことだ。ただ、いっておく。ならず者の約束など、絶対に信じるな。奴らの口にする約束は空手形だ。約束が守られることは絶対にない」

そう断じると、紅雀はお千夏から離れ、納戸の木戸に歩み寄った。

外に耳を澄ませる。

廊下に人の気配はなかった。

木戸の外の気配を読みながら紅雀は訊いた。

「逃げようとしなかったのか？」

「……恐ろしくて……とてもそんなこと、思いつきも……いたしませんでした」

紅雀はお千夏を見つめた。

お千夏の言葉は嗚咽に変わる。すぐにお千夏は泣きはじめた。

それを見る紅雀の瞳に、苛立ちの色が浮かんで消えた。

だが、それも一瞬のことである。

予想もしなかった田嶋の裏切りに遭った今、紅雀は秒毫（びょうごう）でも早く、眼前の怯えた娘を救い出し、立て籠もった五人を倒さなければならないのだ。

紅雀はいった。

「まあ、いい。……それより、梅太郎は次、いつ来る？」

「なんのかのと口実をつくっては、小半刻に一度は様子を見に来ますから、そろそろ来るかと思います」

「よし」

静かにうなずくと紅雀は、

「耳を貸せ」

「はい？」

と耳を寄せたお千夏に何事か囁いた。

四

――それから少しして。
忍び足で進む足音が木戸の外で止まった。
心張り棒を外して木戸が開かれる。
暗い納戸に光が射し込んだ。
「いるかい？」
戸口に立った男の影が納戸の奥に呼びかけた。
お千夏はハッとして面を上げた。
瞳が泳ぐ。
紅雀を横目で見た。
紅雀は後ろ手に縛られたまま、納戸の壁に背を凭れさせている。
男は甘ったるい調子でいった。
「どうしたい、お千夏ちゃん。なに、怯えてるんだよ？」
梅太郎である。

「お、怯えてなんかいません……」

うろたえた表情で答えてお千夏は紅雀に瞳を流した。

（気取られるな）

紅雀はそう無言でいって微かにかぶりを振る。お千夏は目でうなずいたが、それでも怖いのか、紅雀から顔を背けるように壁のほうを向いた。

そのまま、身を縮める。

梅太郎はそんなお千夏の仕草を勘違いしたか、

「なに恥ずかしがってんだよ」

笑いながら、お千夏の背後にしゃがみこんだ。

「恥ずかしがってなんか……」

お千夏はそう答えたが、声が震えている。

（どうやら、二人きりでいる間に、梅太郎に気のある素振りでもしたか、深い仲にでもなったのだろう）

紅雀はそう察したが、どうでも良いことだった。

（二枚目気取りは、目を付けた女がものになればすっかり安心してしまう）

紅雀は鋭く目を凝らした。

こちらに背中を向けた梅太郎は隙だらけだった。

後ろに回した手を動かし、両肘を上げれば、縄は音もなく床に落ちた。

梅太郎の肩越しに紅雀を見たお千夏の表情が一瞬硬くなる。

紅雀は唇に人差し指を立てた。

それにうなずいたお千夏の首筋から肩に力が入る。それでも、お千夏は、

「恥ずかしがってなんかいないよ」

と殊更明るくいった。

梅太郎がそのわざとらしさに気がつかないか、紅雀は一瞬息を止めて観察した。

「そうかよ。なんだか、様子がおかしいぜ」

梅太郎はそういったが、鼻の下が伸び掛けているのは背中を見ただけで分かる。

安堵して、紅雀は袖口に手をやった。

重二郎にもらった針金を袖口から素早く引き抜いた。端を両の手で握って伸ばせば、ちょうど大人の首を二周りしそうだった。

「当たり前でしょう。さっきみたいに、いきなり抱きつかれたら……」

お千夏は、ぎごちない笑みを拡げて答えた。それを聞いた梅太郎は図に乗ったように、

「いきなり抱きつくって……こうかい？」、

というなり、お千夏に抱きついた。
その肩から首にかけてが、完全に無防備だった。
紅雀は手にした針金を素早く梅太郎の首に巻いた。
突然、冷たくて細い物に首に巻きつかれて、梅太郎は驚きの声を洩らした。
背後から聞いた時、それは「がっ」と「だっ」の間の濁音と響いた。
お千夏の体に回した手を引いて首の針金を掴もうとする。
だが、お千夏は、させじ、と両脇に力を込めて梅太郎の手を挟んだ。
予想もしなかったお千夏の動きに梅太郎は驚いたようだ。
首をねじって後ろに振り返った。
その刹那をついて紅雀は針金をもう一度、梅太郎の首に巻いた。
力の限り、絞める。
絞めながら身を返した。背中と背中を付けた。針金を肩に移した。
そして、荷を担ぐ要領で梅太郎の首に巻いた針金を思い切り引き絞めた。
梅太郎は何か呻きながら抵抗しようとする。
紅雀の背に背中から凭れた姿勢で手足をバタつかせた。
紅雀は力任せに針金を引いた。

もう一度、引く。

思い切り引いたまま、針金越しに梅太郎の反応を読み続けた。

（一、二、三……）

紅雀は心の中で数を数えた。

――首を絞められた人間が気を失うまでには、七十五数えるくらいの時間が掛かる。ただし、それは絶命する時間ではないので、止(とど)めを刺す気なら相手が気を失った所で刀で心の臓を刺せ。あるいは、喉を力いっぱい踏んで気道を潰すか、首を少し上げさせ、その項(うなじ)に飛び乗って頸骨(けいこつ)をへし折れ。

数を数える紅雀の心に師・黒鳶の声が響いていた。

不意に梅太郎の体から力が抜けた。紅雀の背に、十六貫、約六〇キロの体重が伸(の)し掛かった。

これだけ絞めても、気を失った振りをする相手のいることは経験で明らかだ。

用心のため、紅雀は心の中で、さらに、四十、数え続けた。

お千夏はずっと口を両手で覆っていた。

それでも眦(まなじり)が張り裂けんばかりに目を見開いて、紅雀が梅太郎を絞殺する様(さま)を見つめている。

(三十九、四十……)

数え終えて紅雀は力を抜いた。

針金を離すと同時に梅太郎の体が床に崩れ落ちた。

湿気で重くなった布団が崩れたような動きと音だった。

床に転がった梅太郎の身を紅雀は素早く仰向かせた。

指先を濡らして、梅太郎の鼻の下にその指を近づけてみる。

濡らした指は冷たくならない。

(死んでいる)

心で呟いて、紅雀はちらとお千夏を見やった。

(この娘の前で止めを刺さずに済んだのを喜ぶべきだな)

そう考えて唇の端を緩め、手を梅太郎の鼻から懐に移した。

懐の中には匕首を隠していた。白木の鞘に収まった匕首である。

柄だけが手垢と手擦(てず)れで真っ黒い。

その汚らしさに紅雀は不快そうに眉間に皺(しわ)を寄せた。

匕首を取りだすと、紅雀は抜いて、刃の状態を確かめた。

目測で刃渡り七寸五分、約二二・七センチ。刃毀(はこぼ)れがひどい。

ただ刃先のあたりは念入りに手入れされている。

これは「斬る」より「突く」に重きを置いたやくざ特有の戦い方に使われたためだった。

(刃毀れからして、相当、使い込んでいるようだ)

紅雀は抜き身の匕首を薄闇の中で振ってみた。

匕首の柄は手に馴染み、重過ぎず軽過ぎずで、重量もちょうど良い。

(い、い、使える)

そう思って、紅雀は匕首を鞘に戻すと、帯の前に差した。

匕首を仕舞う様子を見て、お千夏は我に返ったように尋ねた。

「殺したんですか?」

紅雀は無表情に答える。

「見ての通りだ」

それから木戸に寄って、軽く引いた。梅太郎が無造作に閉めた木戸は難なく開いた。

逃げるぞ、と呼びかけようと肩越しに振り返った。

お千夏は竦み上がったようだ。

お千夏に冷たい視線を注ぎ、紅雀はいった。

「立て、逃げるぞ」

お千夏は何度もうなずいた。その身が細かく震えている。

それでも、お千夏は腰をあげようとした。

だが、容易に立つことが出来ず、何度も腰を上げる仕草を繰り返した。

「梅太郎が戻らないのを怪しんで誰か来る。その前に早く立て」

「はい」

お千夏は必死の形相で近くの小簞笥や古木戸、衝立などに摑まってゆっくり立ち上がった。

紅雀は右手で匕首を押さえて納戸の外に出た。

廊下は暗く、静かで、人の気配がない。

それを確かめた紅雀の背後で、突然、物をひっくり返す音が起こった。

反射的に身を翻す。

納戸を向いた時には匕首を抜いていた。

「す、すみません。手を掛けた途端に衝立が……」

いい訳しようとするお千夏に紅雀は鋭く命じた。

「早くしろ」

お千夏は恐々と紅雀に呼びかける。

「あの……」

「なんだ」

「足がすくんで歩けないんです。手を貸してください」

「……」

紅雀は匕首を左手に持ち替えて納戸に戻った。

腰が抜けたようになっているお千夏に肩を貸してやる。

そっと立ち上がらせて、ゆっくり納戸から廊下に出た。

「玄関や通りに面したほうは深十郎と手下がいる。取りあえず裏口に回ろう。裏口は？」

「あちらです……」

お千夏は廊下の先を指差した。

「少し戻ったら〝丁〟の字になってます。そこを左に行けば玄関のほうに戻りますが、右に曲がれば、少し行くと厠があって、布団部屋と使用人の部屋があって、その先が裏口です」

「右だな」

紅雀は確かめると、お千夏を助けて歩きだした。

廊下の暗さからして夕刻近くらしい。

（この娘を風屋に戻し、その後、深十郎一味を始末しよう）

紅雀はそう心に決めた。

耳を澄ますと深十郎の手下どもの笑い声が流れてきた。

一味は酒を呑みはじめたようである。

（いいぞ。呑み続けていろ）

心に念じながら紅雀は廊下を渡っていった。

間もなく廊下は左右に分かれる。お千夏のいった通りの〝丁〟の字型だ。

（右が裏口……）

心で繰り返して〝丁〟の字になった廊下を右に折れた。

折れた先に男の影があった。相手は気配を殺している。

（気づかれたか）

紅雀はそう思った。

男が腰のもの以外に、左にも刀を提げているのを瞬間的に見取って、紅雀は匕首を逆手に構える。

次の瞬間、音もなく床板を蹴っていた。

第五章　血風は虎口に吹いた

一

紅雀は宙に跳んだ。
相手と視線を合わせるのと同時だった。
空中から相手の懐に、紅雀は飛び込んだ。
着地した瞬間には、相手に匕首の刃を突きつけていた。
あと一押しすれば、相手の頸動脈（けいどうみゃく）を切断出来る。
――その紙一重の位置で、紅雀は刃を止（とど）めた。
相手が田嶋と認めたためだった。
匕首の刃に田嶋の笑みが映った。

紅雀は己れの匕首から目を落とした。

田嶋の刀がいつの間にか抜かれて、その刃が紅雀の横腹を割る位置に当てられていた。

「相討ちだな、ご同輩」

田嶋は笑いを含んだ声で囁いた。

「わたしが先にお前を殺していた」

紅雀は冷たく答えた。

「同じ言葉、俺もお主にお返ししよう」

田嶋はそういってニヤリと笑うと、

「だが、今はまだだ」

「まだ？　何が、まだ、というのだ」

「まだ、お主と腕を競う時ではないようだ」

「何がいいたい？」

「俺の持っている刀を良く見ろ」

「………」

紅雀は素早く視線を移動させた。

己れの横腹に突きつけられた刀を見つめる。

その刀身は使い慣れた愛刀のそれに相違なかった。

「お前の武器を返してやろうと思ってな。使用人部屋に他の奪った武器と一緒に積んであったんで、ちょいと回収し、納戸のお主に持っていくところだったのだ」

紅雀は田嶋の横首に刃を当てたままいった。

「わたしに、その話を信用しろというのか？」

無表情に尋ねた紅雀に、

「はは、俺の狂言をお主まで信じるとはな。これは愉快だ」

田嶋は楽しげに笑いかけた。

「狂言だと」

紅雀は怒ったようにいった。

「役人二人と捕り方一人を斬っておいて、お前は、狂言で済ませようというのか？　お前は潜入するための方便と申していたが、本当に寝返ったのではないのか？」

「は、は、は、それが狂言だと申しておるのだ。まず刀を返すぞ。紅雀の一本差しだ」

抜き身を納めると、田嶋は持っていた大刀を紅雀に返した。

「それからこれも……」

懐に手を入れて、田嶋は紅雀の万力鎖を差しだした。

紅雀は匕首を納め、受け取った万力鎖と共に懐に仕舞った。

「やはりお主は武器を持っておる時が一番美しいようだな」

「………」

「ムッとするな。褒めておるのだ」

そんなことを呟いて田嶋は目を細めた。

「さてと。それでは俺の潔白を証明しよう。まずは、こいつを見てくれ」

というなり、田嶋は腰の刀を抜いた。

反射的にお千夏が身を竦める。

田嶋が襲ってくると思ったのだ。

だが、紅雀は無表情のままだ。抜いた田嶋から殺気は感じられなかったためである。

田嶋は紅雀に刀身を見せつけた。

「どうだ？」

と、刀身を返して、反対側も見せつける。

「血脂(ちあぶら)が付いておるか」

「………」

紅雀は田嶋の刀を見つめ続けた。

「三人も斬れば、懐紙で拭ったくらいでは、血も脂も容易にとれんぞ。まして俺は刀を拭くことも洗うこともしていない。つまり、俺は三人を斬ってはいないという訳だ」

「峰打ちか」

「うむ。三人は気絶しただけ。だから、深十郎一味に見破られる前に、捕り方に『早く片付けろ』と申したのだ」

「とりあえず、今はその言葉を字義通り受け取っておこう」

憮然（ぶぜん）とした口調で紅雀は田嶋から愛刀を受け取った。それを差す姿を見て田嶋は、

「腰に一本落とし差し、か。やっと本来の紅雀らしくなった」

と笑いかけたが、

「立て籠もりの陣容を教えろ」

紅雀に尋ねられて慌てて笑みを拭った。

「うむ、立て籠もっておる悪党は全部で五人というのは、もういいな。首領が天城の深十郎……」

紅雀は、六尺を越える精悍な面立ちの男を脳裏に思い浮かべて、小さくうなずいた。

「その一の子分が野末の仙蔵」

紅雀にとって忘れられない仇の一人である。大店の小番頭のような丸顔の癖に、額の左

から目のすぐ下まで、黒鳶に切られた傷跡が黒々と刻まれた仙蔵の顔は、忘れようとしても忘れられなかった。

「それから壬生の勢五郎。二連発の馬上筒を使いこなす奴だ。拙者も戦ったが、なかなか手強い」

目が細く、頬が削げて、ひょろりとした体つきの男が紅雀の心に浮かんだ。

(あいつか……)

紅雀は形の良い眉をひそめた。

ガメソン式二連発銃を元に、国友の鉄砲鍛冶が日本風に制作した馬上筒を操る男だった。

「四人目は草加の猪吉という」

田嶋がその名をあげると、紅雀は田嶋を見返して尋ねた。

「どんな奴だ？」

「覚えておらんか？」

「一味はひと通り目にしたが、名を知らない者もいる」

仙蔵と勢五郎の印象が強すぎたせいか、猪吉という男の記憶は曖昧だった。

「小太りでちょっと見には愚鈍そうな顔つきだ。尖った前歯が二本出ていて、猪に似ていないこともない。ただし、一味の中では最も凶暴だと、仙蔵がいっていた。戦うとなったら一歩も引かんのだそうだ。相手に食らいついたら死ぬまで離さん土佐犬みたいな奴で、猪というより熊だと申しておったぞ」

そう説明してから田嶋は五本目の指を折って、

「最後は、梅太郎。こいつは賊の一味にしとくより、田舎芝居で二枚目をやらせたいような色男で——」

紅雀は田嶋の説明を途中で遮ると、

「そいつは始末した」

無造作にいい放った。

その言葉を耳にするや、田嶋の顔色が変わった。

「なに？　いま、何といった？」

「梅太郎は、さっき、針金で縊(くび)り殺した、といったのだ」

紅雀がそう教えると、田嶋は目をまん丸に見開いて、紅雀を見つめる。

「それは、ちょっと……」

と洩らしたきり、田嶋は数秒、絶句した。

紅雀は眉根を寄せて問うた。

「どうした？　梅太郎を殺して何か不都合なことでもあるのか？」

「大いにまずい」

「……」

怪訝な表情の紅雀に田嶋はいった。

「梅太郎は猪吉の弟だ。猪吉は自分にまったく似ないで男前に育ったと、梅太郎を殊のほか可愛がっていた。その可愛い弟を縊り殺したとなれば、猪吉は猛りくるって、手負いの熊みたいな凶獣になるぞ。なにしろ猪吉は米俵を満載した大八車を持ち上げてぶん回すような怪力の持ち主。お主、全身の骨をバラバラにされたうえで、張り手でその美しい顔をつぶれた柿みたいにされるぞ」

それを聞いた紅雀は顔色一つ変えず、お千夏を田嶋に押しつけた。

「この娘を守れ。隙を見て屋敷の外に連れ出して風屋に戻すのだ」

「いや、拙者はそれでもいいが……」

田嶋の言葉を無視して紅雀は訊いた。

「一味は固まっているのか？」

「いまは二階で仙蔵が外を見張り、一階の座敷に猪吉と勢五郎、奥の間に深十郎がいる」

「いま、いまはということは、四人は常に位置を入れ替えているのだな」

「左様だ」

「では、これより行く先に誰が待つのかは運次第という訳だな」

と独りごちると、紅雀は目だけで笑った。

だが、すぐにいつもの冷たい容貌に戻り、長い廊下の暗がりに鋭く目を凝らした。

「どうする積りだ」

「とりあえず二階に行ってみる。仙蔵がいたなら、それこそ天佑神助。その場で殺す」

そういうと紅雀は腰の刀を押さえた。足音を忍ばせて階段のあるほうに歩みはじめる。

数歩も進むと紅雀の姿は薄闇に紛れてしまう。

紅雀のいる方向に田嶋は囁いた。

「猪吉に気をつけろ。本当にやばい男らしいぞ」

薄闇から紅雀の声が返される。

「わたしは今まで、如何なる相手であろうとも侮って戦ったことはない」

すでに声だけで姿は完全に見えなかった。

二

階段は梯子のように急で、まっ暗だった。

階段周辺がまっ暗な分、二階より差し込む光は、目に痛いほど眩しかった。
廊下の壁に設けられた襖を引かねば階段の入口は分からないようになっていた。
まるで講釈に出てくる伊賀の忍び砦のような作りの階段である。
その暗く急な階段を、紅雀は息を押し殺し、足音を忍ばせて上っていった。
二階からはなんの音も、人の気配もしない。
そのまま上り続ける。
あと五段ほどで上りきるという所になって、二階から咳払いが聞こえた。
ほかに声はなく、咳払いだけだったが、それを発したのが誰かは、反射的に分かった。
間違えようがない。
この数年、忘れようとしても忘れられなかった仇の一人である。
(野末の仙蔵だ)
紅雀の瞳の奥で冷たい炎が白く閃いた。
紅雀は、左手首の少し上あたりに軽く触れた。
革の帯が巻かれているのを確かめる。
革帯には「銀星」――藤堂流特有の、柄のない手裏剣が五本納められていた。
手裏剣を巻いた左手を落とし差しにした愛刀に流し、改めて押さえた。

右の袂には万力鎖(まんりきぐさり)が納められている。

その他に懐に匕首もあった。

紅雀は残りの階段を影のように気配も音もなく上り続けた。

かくのごとく用心にも用心を重ねるのは、仙蔵に従者の正助を殺され、己れも斬られて死線をさまよった苦い経験が、紅雀の心に重い火傷痕(やけどあと)のごとき傷を残しているからだった。

階段を上りきる。

上り切った所の光は階下より見上げて感じたほど眩くも明るくもなかった。

むしろ二階のそこから廊下にかけては薄暗いほどである。

紅雀は廊下へ歩を進めた。

その先に鉤(かぎ)型に延びている廊下にも仙蔵の姿はない。

だが、二階には確かに人の気配——野末の仙蔵のいる気配がした。

廊下を進めば、行く手には襖が連なっている。

右に八枚、左に四枚あった。

紅雀は少ないほうの襖から調べることにして、四枚並んだ左のほうに近づいた。

手近の襖をそっと引く。布団が積まれている。

押し入れだ。

その向こうの二面に進む。少し引き、隙間から中を覗いた。狭い部屋である。窓の雨戸が閉めたままになっていて、人のいる様子はない。どうやら使われなくなった女中部屋らしかった。

紅雀は廊下の右側に移動した。

八面ある襖の、一番手前の襖を僅かばかり引いて、中を窺った。

六畳間だ。

雨戸が開かれ、外から八ツ半、午後三時の光が燦々と注ぎこんでいる。

畳には食い散らかした膳や食器、徳利などが転がっていたが、人影はなかった。

襖二枚はこの無人の六畳のものなので、紅雀はその先、三枚目の襖に移った。

静かだ。

仙蔵の咳払いはもう聞こえない。

必死に耳を澄ませても、歩きまわる音も、床の軋みも、鼻歌も聞こえてこない。

聞こえてくるのは外の音だけである。

——風の音、番所に集まった賞金稼ぎどもの囁き声、旅籠の看板が風に吹かれて軋む音、問屋場のほうから響く馬の嘶き、火の見櫓に止まった鴉の鳴き声、……そして、この虱屋敷がたてるギシッという軋み音だけだった。

「………」

紅雀は少し進んで三枚目の襖を少し開いてみた。

こちらは八畳間である。広い窓は開きっ放しだ。

（窓際には誰もいない）

紅雀は畳のほうに視線を移した。

こちらにも、さんざん呑み食いして散らかした跡がある。

だが、人の気配はない。

武器はないか、と紅雀は視線を落とした。

黒い筒状の物体が目に留まった。紅雀は息を止めた。

筒状の物が何か、目を凝らす。

それが何かは、すぐに分かった。

――遠眼鏡である。

紅雀は虱屋敷の二階から、天城の深十郎一味が遠眼鏡で番所前や街道筋、本庄宿の様子などを眺めていたのを思い出した。

（あるいは、この部屋にいたのか？）

紅雀は襖をさらに開いた。

半歩、踏み入る。

と同時に刃が空を切る音がして、

「ヤッ」

匕首が紅雀の鳩尾めがけて突きこまれた。

仙蔵だ。

鋭角に突きこんだ匕首捌きは、正助を殺したあの時のままだった。

だが、匕首の切っ先がこちらの鳩尾をえぐるより早く、紅雀はその手首を捉えた。

仙蔵の眼球が膨れ上がり、捉えられた己れの手首を見つめる。

紅雀は捉えた右手を引き、手首の外側やや上部の一点を狙って、手刀を叩きこんだ。

狙った一点は、忍びの柔術で「尺沢」、中国武術では「支正」と呼ばれる急所だった。

仙蔵の右腕の神経が手刀の一撃で断ち切られた。その肩の先全体に痛みと痺れが走る。

声も出ず、息も止まるほどの激痛だ。

仙蔵の手から匕首が弾かれたように飛んだ。

匕首は階段の下り口近くまで飛び、畳に突き立った。

腕を断ち切られたような物凄い痛みに襲われながらも、仙蔵は何か叫んで仲間を呼ぼうと、口を開いた。

その、大きく開いた仙蔵の口めがけて、紅雀は刀の柄頭(つかがしら)をぶち込んだ。喉の奥まで柄頭が滑り込む手応えがあった。柄頭は仙蔵の喉を一撃で潰していた。

この間(かん)――瞬きする暇さえない。

文字通りの「一刹那」に見せた連続技だった。

「……」

紅雀は仙蔵の瞳を見つめたまま、刀を引いた。

仙蔵の口から鮮血が吐き出された。

それでも仙蔵は左手を持ち上げ、懐に流す。三本の五寸釘を懐から取り出した。左手を振り上げる。必死の形相で五寸釘を紅雀の心の臓めがけて投げつけた。

三本の五寸釘が唸りを上げて飛んだ。

だが、それより早く、紅雀の手が一閃していた。

輝く黄金の弧が空中に刻まれた。

万力鎖が三本の五寸釘を弾き飛ばす。一本は壁に突き立ち、一本は紅雀の足元の畳に深々と突き刺さり、最後の一本は下り口の床に浅く刺さって倒れた。

仙蔵の顔が驚愕に歪む。

その瞬間、紅雀は銀星を投げ放った。

柄のない手裏剣が半ばまで仙蔵の眉間に突き立った。喉を潰された仙蔵の口から「はウッ」という音が落とされた。肺腑から空気の洩れた音だった。

「……………」

銀星を額に突き立てた仙蔵を紅雀は見つめる。

ここに至るまで終始無言であった。

お香と呼ばれた頃、仙蔵を倒すことを何度となく夢に見た筈なのに、恨み言一つ口からはこぼれなかった。

憎しみや恨みや怒りを捨てたのでも、超克したのでもない。

自分の怒りや憎しみは仙蔵ごとき小物に投げるべきではない、と感じていたからだった。

仙蔵は何かを訴える目で足を前に進めようとした。半歩出たところで、不意に前のめりに倒れた。

倒れてきた仙蔵の身を、紅雀は両手で受け止めた。

ここで倒れて派手な音を出されては、下の階にいる他の三人に気づかれる。

受け止めた仙蔵を下り口に横たえた。

横首に手を当てて、完全に脈がないことを確かめると、紅雀は足音を忍ばせて、梯子のように急な階段を下りていった。

三

一階に田嶋とお千夏の姿はなかった。

（田嶋に騙されたか）

という疑念が脳裏をかすめたが、騙されたのなら二階で敵が背後から襲ったはず、と思い直した。

（おそらく田嶋はお千夏を屋敷の外に連れ出すために動いているのだ）

そして、紅雀は気配を忍ばせ、さらに廊下を進んだ。

「一階の座敷に猪吉と勢五郎、奥の間に深十郎がいる」

といった田嶋の言葉を心で繰り返す。だが、その座敷が何処で、奥の間が何処なのか。それは皆目分からなかった。

進んでも、進んでも、入り組んだ廊下は途切れず、延々と唐紙の波が続く。

風屋が土台は勿論、梁や柱の木材、壁の漆喰、襖、畳、それぞれの部屋の家具調度まで豪奢を尽くし、十数名もの使用人に隅々まで磨き上げさせた屋敷だけに、人気が絶えると、空虚このうえもなくて、紅雀には巨大な迷路も同然だった。

（おかしい）

紅雀は心で独りごちて足を止めた。

（この廊下は殊更に入り組んだ作りをしている。二階の下り口は外からは布団部屋の襖にしか見えなかった。それにあの急すぎる階段。

納戸も広すぎて、まるで誰かを閉じ込めるため、予め拵えたようだった。ここ虱屋敷は、ただの商人の屋敷ではない）

普通の商家の屋敷ならもっと商売に適した合理的な設計になっているべきではないか。紅雀はそのように思ったのであった。

（虱屋敷は、まるで、師匠から聞いた忍び屋敷か、江戸によくある盗人の隠れ家のような拵えだ）

そう考えると、贅を凝らして厚く塗り込めた上等の漆喰さえ、防御か偽装のために何か仕掛けているように思えてきて、紅雀はそっと廊下の壁に手をやった。

と、その時――。

遠くから男の怒鳴り声が聞こえた。

さらにそれに答える別な男の声がする。

紅雀は声のほうに向き直り、耳を澄ませた。

あざ笑うような悪意を帯びた笑い声。それに対して何か話す声——紅雀の耳は二人の声の一方の声を聞き分ける。

（怒鳴り声は勢五郎のものだ）

紅雀はさらに耳を澄ませ、眉をひそめた。

（では、勢五郎に何か話している者は誰だ？　天城の深十郎か？　それとも……田嶋か？）

と紅雀は自問した。

だがすぐに、

（誰でもいい。どっちにせよ、声のする方向に戦わねばならない相手が一人はいるということだ）

そう心で呟くとそっと漆黒の加賀笠を押さえて、猫のような素早さで、足音を殺して駆けだした。

*

ここで時間は少し戻る——。

紅雀にお千夏を託された田嶋は裏口からの脱出を考えた。

「屋敷の裏口は何処だ？」

「勝手口なら玄関の生垣の横に……」

「勝手口ではない。裏口だ。裏庭はないのか。あるいは築地塀（ついじべい）の裏から外に出る木戸口は？」

「それなら、あちらのほうに――」

とお千夏は廊下の向こうを指し示した。

田嶋の口から「むう」という声が洩れる。

釣り掛けた魚に逃げられたような呻きであった。

それを聞いてお千夏は思わず、

「どうしました？」

と尋ねてしまった。

「そっちということは……奥の間の前を通らなければならないな」

「はい……」

「さっきまで奥の間には天城の深十郎がふんぞり返っていたんだ」

「えっ!?」

といって口を押さえたきり、お千夏は絶句してしまった。

「まだ深十郎がおるとなればこと、だな。お前さんを連れて奥の間の前を通って、果たして奴が気づかずにいてくれるかどうか」

「………」

口を押さえた手の上でお千夏の大きな瞳に涙が浮かんでくる。

お千夏は立て籠もりの一味が恐ろしくて堪(たま)らないのだ。

それに気づいて、田嶋は、鼻から口のあたりを何度も拭った。

拭いながら、どうしたものか、と考える。

怖さのあまり涙を浮かべる娘など、田嶋は浪人となってから久しく目にしたことがない。

「豪商の箱入り娘」の「世間知らず」の、と突き放すのはたやすかろうが、その「無垢(むく)な娘」が怯えている姿は、元剣術指南役として黙殺出来ないものなのだった。

しばらく鼻と口の周囲を拭い続けたが、やがて田嶋は顔から手を離すと、

「ええい。毒食らわば皿までだ。娘、こうなれば虎の前だろうが、鬼の前だろうが、最後までお前を守り抜いて無事に風屋の許まで連れて参ろう」

そういってお千夏に微笑みかけると、

「だから、もう泣くな。拙者と紅雀はお前の父親に金を貰って、お前を助けると引き受けたのだ。わしらは賞金稼ぎだ。金を貰って引き受けた仕事は命に代えてもやり遂げる。……分かったな？」

まるで子供にいい聞かせるような調子でお千夏にいうと、お千夏はほんの少しだけうなずいた。

「分かったか。よし、それでは裏口に案内してくれ」

優しく促されてお千夏は、

「こっちです」

と、裏口へ案内しようと長くて入り組んだ廊下を歩きはじめる。

「よし。拙者のすぐ後ろを歩くがいい。裏口へは後ろから小声で指図(さしず)してくれ」

「はい。ここから少しは曲がらずにお進み下さい」

「よし」

二人はずっと廊下を進んでいく。

進みながら田嶋は物珍しそうに廊下の壁や天井を眺めていった。

「しかし、なんだな」

「なんでしょう?」

「普通、奥の間といえば隠居部屋と相場が決まっておる。ところが、この屋敷の奥の間ときたら、裏口に通ずる廊下の途中にある。なんとも奇妙な造りだな」

「奥の間は、お父っつぁんが大事なお客をお持て成しする部屋なんです」

「大事な客？　たとえば、どんな？　八州廻りとか、道中奉行とか、諸藩の勘定方などか？」

田嶋は肩越しにお千夏に振り返った。

「そうした御方たちもいらっしゃいますが、中には……」

お千夏はそこでいい淀んだ。

「中には？　中にはどんな奴も参るのだ？」

お千夏は一息二息黙りこんでから、ポツリと呟いた。

「屋敷に立て籠もってるならず者みたいな人も……時々……来てました……」

「なに、ならず者⁉　天城の深十郎みたいな奴だと？」

「しっ、すぐそこ——」

と小さく叫んだ田嶋を、

お千夏が制した。

「や、しまった」

慌てて田嶋は口を押さえた。

二人の行く手に風屋がならず者めいた輩と会っていたという「奥の間」の襖があった。

半間、九〇センチもない長さの廊下である。

だが、田嶋とお千夏にとっては一里以上の距離に感じられた。

(女の足なら五、六歩くらいだな)

と田嶋は素早く目測した。

気配を殺し、息を止め、足音を忍ばせて、先を行く。

進みながら田嶋は、

(虎の尾を踏む思いとは、このことか)

と、思った。

一歩踏む度に、脇腹を冷たい汗が流れてくる。

それに伴って鼓動の音が異様に大きく聞こえた。

田嶋は後ろのお千夏に振り返った。

視線が合うと、お千夏は黙って田嶋にうなずいた。

唇を真一文字に引き締めたその顔を見れば足音も息の音もたてまいと、必死なのが分かった。

そうして、二人は襖の真ん前を横切っていく。

田嶋は呼吸の音も、足音も、完璧に消していた。

もとより剣術で指南役を務めたほどの田嶋である。

こうして気配を消して進むくらいのことは、本物の忍びを凌ぐほどなのだった。

（だが、お千夏は違う）

田嶋は心で呟いた。

武家娘ならば薙刀なり剣術なり柔術なり、それなりの武道を心得ている。だから田嶋に呼吸を合わせて、敵に気取られないように進むことも出来よう。

だが、お千夏はただの商家の娘だ。

それも豪商風屋の箱入り娘なのである。

（頼むから、ここだけは音を立てんでくれ）

お千夏の足が床板を踏んだ。右は襖である。

音はしない。

田嶋は肩越しに振り返り、黙ってうなずいた。いいぞ、その調子で進め。そう無言でお千夏にいってやった。

二歩目。足音も軋みも聞こえない。三歩目。お千夏は衣擦れの音さえ立てなかった。よしよし。その調子だ。いいぞ、あと二歩だ。田嶋は振り返って無言で呼びかけた。

四歩目——。

お千夏の足がそっと床板を踏もうとした瞬間、不意に襖の向こうから男の咳払いが起こった。

田嶋とお千夏は凍りついた。

襖の奥から声がする。

「誰かいるのか？」

(深十郎の声じゃない⁉)

そう思って田嶋は襖に振り返った。

田嶋が紅雀とお千夏を救おうと納戸に行っているうちに深十郎と誰かが入れ替わったらしい。

(だが、誰が)

田嶋は唇を噛んだ。

(ええい。猪吉だろうが、勢五郎だろうが構うものか。いずれ厄介な相手であることには変わりないのだ)

そう思い直すと、襖の奥にいる男に向かって答えた。

「拙者だ、田嶋だ」

そう答えながら襖のほうに向き直った。

片手を振ってお千夏に少し離れろと合図する。

お千夏は素早く二歩ほど後退った。
ただし息遣いも足音も完全に殺している。
「田嶋だと？」
そう問い返した声は勢五郎のものだった。
襖の向こうで立ちあがる気配がする。
田嶋は無言で刀を押さえた。
いつでも抜ける体勢だ。
鋭く目を凝らし、右手を刀の柄に流した。
「お前、何処に行ってたんだ？」
勢五郎はそう訊きながら、襖のすぐ後ろに移動したようだ。
畳と足袋の擦れ合う音がして、さらに襖に手を掛けた音がした。
襖が勢いよく横に引かれた。
田嶋は両足と足の裏に力を込める。一跳躍で一間跳ぶ自信はあった。
(跳んで着地と同時に勢五郎の腕を斬り、返す刀で斬り上げれば勝てる)
瞬間的にそう計算して、床を蹴って部屋に跳び込もうとする。
——その寸前、部屋のずっと奥から怒鳴り声が発せられた。

「慌てるねえ！」

田嶋は静止した。勢五郎は部屋の奥のほうに後退していた。

その左手には矢筈——踏み台なしで掛け軸を掛けるための長い棒が握られている。

（くそっ、矢筈で襖を開けやがったのか）

田嶋は唇を歪めた。

勢五郎の右手には二連発が構えられていた。

「こいつの銃口は娘にピタリと据えられている。てめえがこっちに斬りかかったら俺は引き金を引く。俺は狙いを絶対に外さねえ。そいつは、てめえも知ってるだろう」

「……知っておる」

苦い顔で田嶋は呟いた。

「小役人なら何人でも叩っ斬れるかもしれねえがな。俺たちゃ、そうはいかねえんだ」

勢五郎は矢筈を部屋の遠くに放ると、銃口をお千夏に据えたまま、部屋から歩み出た。

勢五郎が前に踏みだせば、それだけお千夏は後退る。

勢五郎は廊下に出ると、田嶋にいった。

「てめえ、役人を斬って俺たちを安心させて、端から娘を連れて逃げる積りだったな」

「い、いや、納戸に様子を見に行ったら、この娘が厠に行きたいと……」

「うるせえ」

低く吠えると勢五郎は銃口を田嶋に流した。

田嶋めがけて撃とうと、引き金を押さえた。銃把(じゅうは)を握った四本の指に力を込める。

対峙(たいじ)した田嶋はいつでも刀を抜き打てる構えに入る。

勢五郎と田嶋が同時に動こうとした、その寸前――、
お千夏の後方から声が投げられた。

「その場に屈め」

お千夏は素早くその場に屈んだ。

その頭上を黒い旋風が唸りを上げて吹き抜けた。

それは物凄い勢いで、銃を構えた勢五郎の右手に命中する。

ビシッ、と鞭をくれたような炸裂音がしたかと思うと、二連発が宙に舞った。

「うッ」

勢五郎が顔面を歪めて右手を押さえた。

刹那、田嶋は床を蹴った。

屈んだお千夏の目に田嶋は宙に舞ったように見えた。

ふわりと舞い上がり、勢五郎と背中合わせの位置に着地する。

チンッ、と鈴の音のような音が涼やかに響いた。

田嶋が刀を鞘に戻した鍔鳴りであった。

勢五郎はまだ右手を押さえたままだった。瞳だけが田嶋のほうに流れた。

信じられないといいたげな色が瞳に広がっていく。

田嶋はそんなものを気にも留めず、廊下の向こう——漆黒の旋風の流れたほうに歩を進めた。

勢五郎の腹の脇から血煙が噴き上がる。

田嶋の刀に横腹を割られた形だった。

愕然とした表情を顔に張り付けたまま勢五郎は血煙の底に沈んでいった。

板床に丸太を倒すような物凄い音が廊下に轟いた。

その音の物凄さに、屈んだお千夏は思わず耳を塞いだ。

お千夏の肩に白いしなやかな手が掛けられる。

そっと歩み寄った紅雀だった。

紅雀はお千夏に囁いた。

「耳を塞ぐのはまだ早い。立て籠もりは、あと二人残っている」

そうして紅雀は田嶋のほうに進んでいった。

田嶋は廊下の向こうで腰を屈めると、

「成程な。これは、こういうふうに使うものだったか」

そんなことを呟きながら、床に落ちた黒くて丸い物を拾い上げた。

拾ったのは紅雀の加賀笠だった。

田嶋から加賀笠を受け取ると紅雀はにこりともせずに、

「別に短筒を叩き落とすためだけの加賀笠ではない」

といった。

「では他にも何か出来るのか？」

「出来る」

きっぱりといい切って紅雀は加賀笠を被り直した。

紅雀の言葉を聞いた田嶋は身を乗り出して尋ねた。

「他に何が出来る？」

「お前には秘密だ」

「なんだと。……どうして」

田嶋に尋ねられて紅雀はいい捨てた。

「いつまた寝返るともしれぬ人間を信じて、早々と手の内を見せるほど、わたしはお人好しではない」

「お主は、まだ左様なことを申すのか。寝返ったのは狂言で、役人を斬ったと見せたのは峰打ちと説明したではないか」

ムッとした田嶋に冷たい一瞥をくれると、紅雀はお千夏に向き直って促した。

「立て籠もり一味は残り二名になった。さ、一刻も早く屋敷から脱出しよう」

「はい」

とお千夏はうなずいて説明する。

「この先に裏口があるんです。わたし、田嶋さんを案内していて、そこの短筒の男に……」

その言葉を皆までいわせず、

「裏口から出ると、何処に通じている？」

と紅雀は尋ねた。

「裏口のすぐ前が築地塀の裏木戸なんです。そこを出たら塵芥（ごみ）捨て場になっていて、右に曲がれば、番所の裏に出られます」

「では、普段、風屋やお前が寛（くつろ）いでいる部屋は何処だ？」

「玄関を上がってすぐ奥の小広間です」

「立て籠もり一味もそちらに集っていたのか」

「仲間と一緒の時にはそこか、お父っつぁんが、普段、一人で籠もる座敷です」

「一人で籠もる座敷？」

「はい。お父っつぁんは、時々、貸し付けとかを記した貸付帖と算盤（そろばん）を持って、奥座敷に籠もることがありました。時には半日も。立て籠もり一味の頭目は、まず、お父っつぁんが籠もる座敷は何処だと尋ね、それから、その貸付帖と証文の在り処（あか）をしつこく訊いてきたんです」

お千夏の言葉を横で聞いていた田嶋が眉をひそめた。

「奴等は凶悪無比な盗人だぞ。役人ではない。だが、お前の話を聞いてると、まるきり風屋に金を借りている何処かの藩の勘定方のようではないか」

「さあ……わたしには詳しいことは分かりません。店のことは全部、お父っつぁんと重二郎が仕切ってましたので」

そこまで聞くと田嶋は、

「ううむ、此度（こたび）の一件には、見かけより入り組んだ背景と、表からでは分からぬ闇があるようだな。お千夏が申すには、風屋は立て籠もり一味のようなならず者を時々、奥座敷に通して何やら話しておったというし」

と下顎に手をやった。

すると紅雀は一瞬だけ片方の眉を動かしたが、

「そうしたことは代官所の役人が考えること、わたしたちの仕事ではない」

すぐに田嶋の横顔を見つめてそう断じた。

「それは……まあお主の遣り方ではそうかも知れぬが……本当に気にならぬのか？」

「気にはなる。だが、目下の急務はお千夏を救出して、天城の深十郎と猪吉を殺すこと。わたしは風屋にそれを依頼された」

「ううむ。確かにその通り……俺もそれは同じだが……」

なおも何かいいたそうに言葉を濁す田嶋に皆までいわせず、

「お前はお千夏を連れて屋敷より脱出しろ」

紅雀は有無をいわせぬ調子で命じた。

「そうキツくいうな。……もとよりそうする積りだったのだ」

田嶋はうなずくとお千夏の顔を見やった。

お千夏は小さくうなずく。勢五郎を倒したことで心から田嶋を信頼した様子である。

「では、俺たちは裏口から脱出して、番所に避難する」

と、田嶋はお千夏と共に歩きだした。

そんな二人の背に、

「頼んだぞ」

と、いい捨てると紅雀は、二人とは反対方向に廊下を進みはじめた。

四

一方その頃――。

納戸の戸が力任せに開かれた。

同時に酒焼けした声が掛けられる。

「こら、梅太郎。てめえ、いつまで小娘といちゃいちゃしてやがる? お頭が、梅はなにしてる、とお尋ね……」

声は途中で消えた。

薄暗い納戸の奥に、若い男が倒れているのが目に入ったのだ。

男の首には針金が巻き付き、深く食い込んでいる。

男の顔は土気色で断末魔の形相も凄まじかった。

針金で絞殺されたのは、明らかである。

死んでいるのが誰なのか、声を掛けた男が察するには、死体を目にしてから一息ほどの間が必要だった。

男は肉の詰まった丸顔で前歯が二本出ている。

男の瞳には知恵の光がない。

いかにも愚鈍そうなその瞳のせいで、男の顔は「足りない」といわれる種類の顔つきとなっていた。

猪吉である。

やっと若い男が自分の弟と気づいて、猪吉はその名を洩らした。

「梅……」

それから、猪吉は死体にむしゃぶりついた。

梅太郎の死体を抱き起こし、何度も揺すぶって起こそうとする。

「梅、しっかりしろ。梅よぉ」

何度揺すっても呼びかけても、梅太郎は目を覚まさない。

その頃になって、猪吉はようやく弟が死んでいるのを悟った。

「梅ぇ……。梅よぉ、梅。おめ、誰に殺(や)られた⁉ 梅ぇッ‼」

梅太郎の死体に顔を埋(うず)めて猪吉は号泣しはじめた。

声をあげ、小さな目から大粒の涙をぽろぽろ零し、天を仰いで泣き続ける。

そんな様子は、大きな子供が泣く有様にも、野生の猪が同類の死をいたんでいる様子にも見えた。

ひとしきり泣き喚いた猪吉は濡れそぼった顔をキッと上げた。

小さな丸い目が怒りと憎悪（ぞうお）で真っ赤に燃えていた。

「畜生。紅雀とかいう女賞金稼ぎだな。……お千夏があのアマの縄を解き、一緒になって梅を殺しやがったんだ。……そうだ。そうに決まってる。くそっ、お千夏も紅雀も殺してやる。この手で八つ裂きにしてやるぞ。おぼえてやがれ!!」

そんなことを独りごちると、猪吉は梅太郎の死体を抱き上げて、納戸の外に飛び出していった。

*

迷路のような廊下もやがて終わりが見えてきた。

行く手から微かな風と、それに乗った新鮮な空気が流れてくるのを感じて、田嶋はお千夏に囁いた。

「外気の匂いがする。お千夏、もうすぐ裏口だな？」

「はい。その先を左に曲がれば裏口です」

そう答えたお千夏は不意に身の均衡を崩して、田嶋の肩に摑まった。

「おい、大丈夫か」

「は、はい。ちょっと膝が……」

「うむう。心身の疲れが限界に来ておるようだ。急いで裏木戸から外に出て、番所へ逃れよう」

お千夏は黙ってうなずいた。

すでに声を出すのも辛いようである。

それでも必死に田嶋に縋り、裏口の木戸へと案内した。

刀を押さえて田嶋から木戸を出てみる。人の気配はない。

(何を考えているのだ、俺は)

と、田嶋は失笑した。

(人などいる筈はない。深十郎の配下はすべて屋敷の中だ。裏口にまで、一味の手が回らないのを忘れたか)

二人は裸足のまま、裏口から外に出た。

裏庭は狭く、アカマツと栗の木が植えられたあたりまで築地塀が迫っていた。

すでに夕刻である。

低く垂れた植え木の枝の下を潜れば、その先はすぐ築地塀の木戸だった。

(流石に豪商と呼ばれる男の屋敷だけあって裏木戸にも金が掛かっておるな)

そんなことを思いながら田嶋は木戸を開いた。

出て、すぐのところに大きな塵芥箱がある。

「あっちです、あっちのほう」

塵芥箱とは反対のほうをお千夏が指し示した。

その先は裏小路になっている。

「よし、この先が番所だな」

と呟くと、田嶋はお千夏に手を貸しながら、裏小路を進んでいった。

番所の裏にはすぐに着いた。

裏の障子戸に向かって田嶋は声を掛けようとする。

と。——それより早く、番所の中から聞き覚えのある男の囁き声が響いてきた。

「代官所の役人どもには『すでに八州様にご連絡申し上げ、今夜遅く、本庄に八州の与力様が捕り方を大勢従えていらっしゃるようご手配いたしました』と、そのようにいってお
きました」

声の主は風屋の番頭、重二郎である。

田嶋は思わず「娘を助け出したぞ」と呼びかけようとするが、続いて聞こえてきた声がそれを思いとどまらせた。

「ふん、そいつは笑わせやがるぜ」

こちらの声は風屋である。

風屋は、せせら笑うような口調で、こう続けた。

「どうせ八州に連絡などしてねえんだろう。それで本当のところ、クソ八州はいつ来やがるんでえ？」

この、まるでやくざ者か、立て籠もり一味のような口調はなんとしたことであろう。とても中山道一の豪商の口から出た言葉とは思えない。

田嶋は愕然として、隣で何かいいたそうにしているお千夏に「黙れ」と合図すると、さらに耳を澄ませた。

重二郎も冷笑を帯びた調子でいった。

「本当は、……そうでござんすねえ。紅雀と田嶋が、天城の深十郎一味を殺した後にでも、呼びやしょうか」

「ははは、そいつぁいいや。賞金稼ぎのお二人は健闘空しく、残念ながら討ち死に。お二人の菩提は風屋が手あつく弔います、とでも俺はいおうかな」

「ははは、兄貴は昔っから人が悪いや」

重二郎の笑い声に風屋の含み笑いが重なった。

(何の話をしておるのだ、こいつらは⁉)

田嶋は足元から地面が崩れてしまうような目まいを覚えながら、お千夏に囁いた。

「今聞いた会話は忘れろ。俺たちは何も聞かなかった。……いいな」

お千夏は大きくうなずいた。蒼ざめたその顔には、父親と番頭が何のことを話していたのか分からない、と書かれている。

(俺たちが深十郎一味を皆殺しにすることも、片付けた後で、今度は俺たちが始末されることも、風屋と重二郎には織り込み済みなんだ)

そう考えた田嶋の背に冷たい汗が滴っていった。

(くそ。唯一の救いは、助けだしたお千夏が本当に何も知らずに人質になっていたことだが……。風屋には、そんなこと、どうでもいいことなのか)

そう考えて唇を噛んだ田嶋は、震えているお千夏に囁いた。

「なんにせよ、お前が無事戻ったのを風屋に報告せねばいかんな。……表に回って、番所には正面から入るとしよう」

「はい」

真剣な顔でうなずいたお千夏の手を引いて、田嶋は番所の表に回っていった。

＊

紅雀はお千夏に教えられた奥座敷に向かった。

そこに父母と弟の仇である高波六歌仙の一人——天城の深十郎がいる可能性が高い。

深十郎は多分、紅雀がまだ縛られたまま納戸に転がされている、と信じているだろう。

(僅かでも深十郎に隙がある今なら奴を倒せる)

そう思ったのは勿論だが、それと同時に奥座敷に行って調べてみたいことがあったからである。

田嶋には、自分たちの目的は立て籠もり一味を殺すこと、と断じたが、紅雀も本庄宿を訪れて風屋と会った時から腑に落ちないものを感じていた。

(奥座敷に行けば、深十郎一味が調べた痕跡が何かしら残されているだろう)

と紅雀は思った。

(奥座敷に残るその痕跡を辿り、残された手文庫なり、床の間の違い棚なりを調べれば、本庄宿を訪れ風屋に会った時からずっと心に引っ掛かり続ける「謎」を解くことが出来るのではなかろうか)

紅雀の感じる「謎」とは、風屋とこの虱屋敷に対して感じる普通と違った雰囲気、形容しがたい後ろ暗い気配だった。

なぜ風屋は一人娘の無事より、集めた三人の腕前を気にしたのか。

なぜ一人娘を無事に救出することより、立て籠もり一味を皆殺しにするほうに重きを置くのか。

なぜ立て籠もり一味は金ではなく、風屋と直接対話することを要求し続けるのか。

なぜ風屋の番頭は、商人の癖に盗人縛りなどという「玄人」の縛り方を知っていたのか。

なぜ立て籠もり一味は奥座敷にこだわるのか。

なぜ虱屋敷は忍者屋敷か盗人の隠れ家のように入り組んだ造りなのか。

不思議に思えば、謎は後から後から湧いてくる。

田嶋のいった、風屋を訪問したという「まるで立て籠もり一味のようなならず者」の正体も気になるが、それ以上に、そのならず者風の人間を通したのが、これまた奥座敷だったということのほうがより一層気に掛かるのだった。

迷路のような廊下を進むと、行く手右側に唐紙の波が見えた。

そのうち殊更に見事な狩野派の絵が描かれたものが、奥座敷の唐紙である。

そちらまで、あと一間半、二・七メートルほどという所まで来た時――。

突然、雷鳴のような轟音が廊下に響き渡った。

(音は凄まじい勢いでこちらに迫っている!)

と察して、紅雀は身を翻した。

真っ黒いものがこちらに突進してくる。

それが目に入った刹那、紅雀は手負いの野獣と思った。

熊か、猪、あるいは、大鹿の類と感じたのだ。

そんな野獣が屋敷の廊下など駆けてくる筈はない。

冷静な判断が一瞬飛んでいた。

それでも目にも止まらぬ素早さで左手を上げ、手首に巻いた手裏剣「銀星」を立て続けに三本投げ放っていた。

黒鳶に叩きこまれた忍び技の賜物だった。

猛然と迫るそれの右肩に一本、左の太腿に一本、銀星は突き刺さった。

眉間を狙った一本を迫りくるそれは右の腕で払って叫んだ。

「梅の仇だ、畜生!」

それを聞いて、紅雀は自分に迫るものの正体を知った。

(猪吉か!?)

その右目に、さらに銀星を放とうとした瞬間、猪吉が頭から激突した。

紅雀は猪吉の頭が腹を貫通したと感じた。

それほど凄まじい衝撃だった。

紅雀の身が宙に舞った。

身を「く」の字に折ったまま、飛ばされていた。

そして、紅雀は二間、三・六メートルほど空中を滑って、厚い漆喰の壁に背中から叩きつけられた。

壁に激突した瞬間、呼吸が止まった。

漆喰に身がめりこんだかとさえ思われた。

めりこんでこそいないが、背中が壁に貼りついていた。

そのまま背が壁から床へずり落ちていく。

板床に尻をつけば、その衝撃が肺腑に来た。

空咳が出てきた。

咳と一緒に血は出なかった。

(肋骨の一、二本は折れたかもしれないが、内臓は無事だ)

紅雀は受けた損傷をそのように自己診断して、唇だけで薄く笑った。

紅雀から数歩身を引いた猪吉は、その微笑に気づいて、首を傾げた。

「な、なにが、おかしい？」

「いや……その名の通り……お前の頭も……猪並みだと思ってな……それが……おかしかっただけだ……」

紅雀は切れ切れに呟いた。

「なんだとぉ、このアマ――」

猪吉は歯を剝きだした。

愚鈍そうな瞳が怒りで真っ赤に充血していく。

怒りで震える肩に手をやると、

「こんなものッ！」

猪吉は、そこに突き立った銀星を摑み、力任せに抜くと床に叩きつけた。

柄のない手裏剣が床板に当たる。

キンッと甲高い音をたてて跳ね返って、それは壁際に転がった。

同じように、太腿に刺さった銀星も、

「俺にはこんなものは効かねえんだよ」

そう叫びながら引き抜いて、床に投げ捨てれば、銀星は紅雀の左足のほうに飛んでいった。

紅雀は猪吉を見つめた。

猪吉は肩からも太腿からも出血している様子がなかった。

（ならば、これは、どうだ――！）

紅雀の右足が床を蹴る。

左を軸にして、右足が高い位置で半回転した。刹那、柔術式の前回し蹴りが猪吉の顔面を襲った。水面に岩が落ちたような音がした。

蹴りは鋭く決まった。

猪吉の頬に、蹴り跡が、真っ赤に刻まれていた。

小さな瞳が流れて、紅雀を睨みつけた。

猪吉は横を向き、音を立てて小石のような物を吐き捨てた。

紅雀は捨てられた小石を目で追った。

床に転がった白い物は、小石ではない。

それは紅雀の蹴りで折れた猪吉の奥歯であった。

猪吉は豚のように鼻を鳴らして、紅雀に笑いかけた。

貴様の蹴りなど効くか、と猪吉なりに挑発したようだった。

「うぬっ……」

低く呻いた紅雀は右手を袂に流した。万力鎖を握り右手に巻いた。

次の瞬間、素早く猪吉の懐に飛び込んで、

「だっ――」

紅雀は気合もろとも、万力鎖の平たい分銅の角を猪吉の胸骨中央の急所に打ちこんだ。

「膻中（だんちゅう）」と呼ばれる急所であった。

鍼灸（しんきゅう）の鍼（はり）で深く突かれると内臓が機能停止に陥り、打たれた者は即座に失神。悪くすると即死するという急所である。

だが、猪吉はビクともせず、打ってきた紅雀を片腕で引き剝がす。子供のように持ち上げられて、紅雀は壁に投げつけられた。

投げ飛ばされた位置で素早く立ち上がると、紅雀は猪吉の丸太のような脚めがけ、廊下を滑り込んだ。

猪吉の右足の急所に、万力鎖を打ち据えた。

最初は分銅で膝下の「犢鼻（とくび）」へ。

猪吉はビクともしない。

すぐに反対の足の同じ急所へと万力鎖を鋭角に打ちこんだ。

下半身が麻痺して歩行不能になる筈の急所であった。

だが、猪吉にはまったく効いた様子がない。

猪吉は紅雀を傲然と見下ろすと、

「くらえ、くそアマ！」

怒りの叫びと共に紅雀を蹴り飛ばした。

「くっ――」

紅雀の身は再び壁に叩きつけられる。

今度の蹴りは効いた。

全身の骨が砕けたかと思われた。

それでも紅雀は身を起こすと、脇腹や胸の骨をそっと押さえて、折れていないか確かめる。

無意識に受け身をとったお陰で、肋骨に罅が入った程度で済んだようだ。

それから向こうで仁王立ちになった猪吉を見やった。

(こいつは、全身どこもかしこも、分厚い脂肪で覆われている。だから蹴りも突きも万力鎖の攻撃も効かないのだ)

そう見切ると紅雀は、

(では、どこをどう攻める？)

と自問して、猪吉を見据えた。

「梅太郎とかいう色男は、お前の弟だったそうだな？」

そう尋ねると猪吉を正面から見上げた。

「そ、そうだ。梅は顔もいいけど、頭もいい。俺とは似ても似つかねえくれえ、良く出来た奴だったんだ。そ、そ、それを、てめえ、針金なんぞで絞め殺しやがって……」

紅雀への怒りと憎しみで顔面を紅潮させて、猪吉は叫んだ。

「お、俺は、てめえを八つ裂きにするって、梅に誓ったんだ！」

それを聞いた紅雀は冷たい目で猪吉を見据え、次いで目にするのも汚らわしいといいたげに顔を背ける。

聞こえよがしに鼻を鳴らした。

そんな紅雀の仕草を見た猪吉は、毛穴から血が噴き出しそうなほど、顔を紅潮させて喚いた。

「てめえ。今、笑ったな。俺を笑っただろ。も、も、もう許せねえ。この場で八つ裂きにしてやる」

猪吉は猛然と紅雀に駆け寄った。

大きな手が紅雀の体を軽々と持ち上げた。

そのまま、猪吉は自分の目と同じ位置まで紅雀を上げると、

「か、覚悟しろ。素手で裂いてやる」

すると紅雀は皮肉な調子で尋ねた。

「昔話に出てくる狒々みたいに、素手で二つに引き裂こうというのか。薄馬鹿にはお似合いの方法だ」

「う、うるせえ」

猪吉が紅雀を抱き上げた手に力を込めようとすると、紅雀は冷笑混じりに言った。

「大猿め。腰の長脇差はやっぱり飾りか」

紅雀の悪罵を耳にした猪吉は、

「俺を猿とか薄馬鹿とかって呼ぶな！」

と、鼓膜が破れそうな大声で怒鳴ると、片手で紅雀を、まるで紙屑か石ころのように投げ捨てた。

そのまま廊下に叩きつけられたが、紅雀は軽く受け身をとって立ち上がる。

すでに猪吉の武器は怪力だけであり、防御は巨軀に鎧った脂肪しかないと、紅雀は見切っていた。

敵を見切れば何も恐れることはない。

猪吉を見据えたまま、紅雀は静かに繰り返した。

「貴様の腰の長脇差は飾りか。猿でも長脇差くらい、使えるのだろう?」

猪吉は慌てて腰に一本差した長脇差を押さえた。

「つ、使えるに決まってら!」

「上等だ。猿呼ばわりされたくなければ、人間らしく長脇差で勝負しろ」

紅雀がそう挑めば、

「よ、よし。てめえを串刺しにしてやるぜ」

と猪吉は前歯を剝いた。

そうして長脇差に左手をやれば、一層、猪が猛進しようと前足を蹴りはじめる様そのものだ。

対する紅雀は万力鎖を懐に納めると、刀を押さえた。

「けっ、俺たちの真似して長脇差を一本だけ差しやがって、このくそアマが」

猪吉の精一杯の挑発にも紅雀は無表情であった。

猪吉が喚いたように、紅雀の腰には一刀のみ落とし差しにされている。

ただし、それはやくざ者をまねたのではない。

武家を捨てた身であると、常に己れに思い知らせるためであった。

同時にまた、武士のごとく二刀を帯びては、女の身はその重さに足を取られて、賞金稼ぎに必要な敏捷さが鈍ると考えたからでもあった。

「……伊賀黒鳶流……居合術・陰雀……」

紅雀はそう名乗りをあげると、腰の刀を押さえた。

紅雀の居合は流派に属したものではない。武家娘の頃に嗜んだ薙刀や柔術に、黒鳶に叩きこまれた忍びの者の剣術を混ぜ合わせて、居合斬りとして工夫したものである。

それゆえ、あえていえば「伊賀黒鳶流」であり、「居合術・陰雀」なのであった。

「俺や、天城の深十郎の子分、猪吉だ！」

猪吉は咆哮するように叫ぶと、長脇差を抜き、その柄巻を口に寄せた。

かつては紫色だった柄巻は使い古されて色落ちし、さらに手垢で汚れて、薄青くなっている。

それに向かって唾を吐くと猪吉は長脇差を構えて、もう一度、吠えた。

「い、行くぜ！」

紅雀は何もいわず右手を刀の柄に流した。

まだ刀は抜いていない。

抜くのは敵を斬る直前に限られており、抜いて鞘に納めた時には、勝負はすでについている。
それが紅雀の居合であった。
猪吉は長脇差を腰の右に据えた。
太い二本の腕でがっちりと固定する。
小さな瞳が三白眼になって紅雀を睨んでいた。
その体勢で猪吉は凄まじい声で吠えた。
紅雀の鼓膜がビリビリと震えた。
咆哮を引いて猪吉は走りだした。
右腰にがっちり固定した長脇差の切っ先は、真っ直ぐ前方に立つ紅雀に据えている。
このまま行けば、紅雀の胸から背を長脇差の刃が貫いてしまうだろう。
串刺しにしてやる、という猪吉の言葉はまさしく字義通りのものだったのだ。
だが、紅雀は、猪吉の突進から逃れることはなかった。
「梅の仇じゃあ！　死ねやぁ、くそアマあぁ！」
紅雀は、喉から血を噴きそうな声で吠えながら突っ込む猪吉を冷たく見据えている。
脂肪の詰まった巨軀が迫る。
三間、二間半、二間、一間……。

怒濤の勢いで突進してくる巨軀が一間、約一・八メートルまで迫った時、紅雀は動いた。

刀を胸より高く固定する。

柄に手を走らせる。

突進する猪吉を見据えたまま、こちらから半歩踏み出す。

刀を抜き、敵を斬り倒す。

――これらの動作を紅雀は同時に行なっていた。

猪吉には紅雀がいつ刀を抜いたのか、まったく見えなかった。

見えたのは「銀の旋風」――。

ただ、それだけだった。

「銀の旋風」は猪吉の下腹から胸を吹き上げ、右肩に流れ、肩から首のあたりで渦を巻いた。

猪吉にはそれしか分からなかった。

力任せに突き入れた積りの長脇差が床に転がった。

ハッとした刹那、巨軀が唐突に均衡を失って、大きく右に傾いだ。

だが、その身はまだ倒れなかった。

倒れるより先に、下腹から胸に掛けてが赤い霧に染まった。

開いた刀創から噴き出た血煙だった。

猪吉はすでに走ってはいない。

自分の身から噴き上がった血煙に目を瞠っている。

「おおっ」

と、猪吉は叫んだ。

それは美しさに打たれた声のようにも、やっと生じた激痛を訴える声のようにも聞こえた。

紅雀はすでに刀を鞘に納めている。刀の位置を戻した。

漆黒の合羽を翻した。

合羽が空気を打つ音が廊下に響き渡った。

紅雀は歩きはじめた。

猪吉はまだ立っている。だが、その瞳は光を失っていた。

紅雀は猪吉とすれ違った。

立ちつくす猪吉を置いて廊下を進んでいった。

奥座敷の前で止まり、唐紙を引いた時、不意に戸板か丸太が倒れたような大きな音がした。

紅雀は音のほうに振り返った。
猪吉の倒れた音だった。

第六章　血煙に霞む嘘まこと

一

紅雀が奥座敷に一歩踏み入ろうとすると中から声がした。

「よう、終わったかい。ご覧の通り、とっ散らかってるが、入ってくれ。茶も菓子も出せねえけど話くれえは出来るぜ」

「………」

不審そうに眉をひそめると、紅雀は奥座敷に踏み入った。

もうそろそろ日が暮れようという刻限なのに、紅雀が進んだ奥座敷の中は昼間のように明るかった。

部屋のそこここに行灯が置かれ、いずれも灯が灯されているためである。

奥座敷は雑然として、まるで空き巣が入った跡のようだった。

豪華な卓はひっくり返され、その裏を細かく検分した痕跡がある。

茶簞笥も、違い棚も、抽斗がすべて引かれて、なかに仕舞ってあった証文や帳面や書状がぶちまけられていた。

空き巣が家探しした跡と違うのは、印鑑や、唐渡りの硯と筆や、由緒ありげな脇差や、南蛮時計といった品々までが無造作に投げ出されているところである。

それらのなかには、二十五両まとめて包んで封印した切餅まであった。

こんな所から見るに奥座敷をひっくり返した人間の探す品は金銭ではないらしい。

奥座敷の真ん中で、男が一人、大胡坐をかいて坐っていた。

どうやら、この男が奥座敷を調べ回った張本人のようだった。

精悍な顔をした男である。

堅気でないのは、派手な雨竜をあしらった小袖に、黒緞子の帯を巻き、いなせ風に結った髷に揉み上げを長く伸ばした風貌で分かる。

ただし、やくざ者や香具師の類ではないのは、全身から放たれる圧倒的な気迫から明らかだった。

小袖の上からも、その身が鍛えられた筋肉で鎧われているのが見て取れた。

屈強なだけでなく、男は長身だった。

胡坐をかいていてもそれが分かるのだから、立てば、おそらく、六尺を軽く越えるだろう。

男はだらしなく寛いでいるようにも窺われたが、身の傍の、手を伸ばせば届く位置に見事な一刀を置いていた。

猪吉の持っていたような長脇差ではない。

いずれ名のある名刀と思われる。

ただし男の様子を見るに、この刀はあくまでも複数の刺客に襲われた場合に使う積りのようだ。

「よう。見たツラだな」

といって、男はまだ戸口に立つ紅雀を見やった。

大きくて表情の豊かな目であった。

(この虱屋敷の二階に見えた立て籠もりの頭目は、こいつに間違いない)

紅雀は思った。

同時に、

(この声をわたしはあの夜に聞いた)

とも思っていた。

男の声が、紅雀の脳裏に一枚の光景を閃かせる。

それは父母と弟が惨殺された「あの夜」の光景であった。

あの夜、鈴本家を襲った高波六歌仙の顔ぶれに、いま眼前にいるこの男の顔があったか、なかったか――。

答えはすぐに出た。

出ると同時に、左手が自然に刀を押さえようとする。

(間違いない。あの夜、黒覆面で顔こそ隠していたが、この声は絶対に忘れられない。あの夜に、紙燭の男と言い争いをしていた男だ。紙燭の男は『殴り殺したのでは誰がやったのかすぐ分かる』というようなことをいっていた。……あれは男が拳法か柔術の達人という意味だったのだ。そうして見れば……年恰好(としかっこう)といい体型といい背丈といい……まがうかたなき高波六歌仙の一人だ)

紅雀は冷静になろうと、そっと下唇を噛みしめた。

それを知ってか知らずか、男はこちらに笑いかけて尋ねた。

「てめえは五街道で噂の女賞金稼ぎ、紅雀か？」

明るい口調だった。

「そうだ」

努めて冷静な調子で紅雀はいった。

「お前が、この虱屋敷に立て籠もった一味の頭目、天城の深十郎だな」

「おう。いかにも、俺は天城の深十郎よ」

身を揺すって笑うその仕草に、紅雀は大前田の英五郎を思い出した。

ひとしきり笑って、男は付け足した。

「大盗高波六歌仙に、その人ありと知られた天城の深十郎さまとは、俺がことよ」

紅雀は眉間にほんの少し皺を刻んだ。

「お前が天城の深十郎ならば、今から八年前、当時、高崎藩勘定吟味役だった鈴本伴内の屋敷に押し入ったことを覚えておろう」

「高崎藩？ ……鈴本？ ……さてなあ。八年前といえば、お勤めが最も忙しかった頃だ。月に四、五度も武家屋敷や豪商の屋敷に押し入ったから、いちいち覚えちゃいねえな」

（確かにあの頃、関東一帯で高波一味は押し込み強盗を繰り返していた）

と思い出して紅雀は尋ねた。

「それでは押し入って盗みを働いたついでに、何の罪咎もない父と母、さらに九歳の男子を斬り殺したことはどうだ？ 覚えていないというのか？」

「九歳の男の子を殺した？　……この俺がか？」

「お前と、高波軍兵衛、それに四名の仲間たちが殺したのだ」

「………」

深十郎はむっつりと黙りこんだが、少しして、何かいいたそうに紅雀を見上げた。

「思い出したか？」

「その夜のお勤めにゃ、確かに俺もいた。家中の何人かは殴り殺したかもしれねえ。したが、男の子を殺したのは俺じゃない」

「では、誰がやったというのだ？」

「分からん。俺の目が届かねえ場所で、仲間の誰かが斬ったんだろう」

「しかと左様か？」

「ああ。嘘なんざいわねえ」

そう答えられて紅雀は相手の目を見つめた。

その瞳は澄みきって、嘘いつわりをいっている気配はない。

賞金稼ぎとして数え切れないほどの悪人や虚言を弄(ろう)する者に接し、かつて幾度(いくたび)か悪党に騙されて命の危険を味わった経験が、

（この男は真実を語っている）

と教えていた。

深十郎は言葉を続ける。

「これだけはいえるぜ。……六歌仙の中に、平気で子供が殺せる人でなしは五人もいた」

「それは？　誰と誰だ？」

「お頭の軍兵衛。口伝え役の青鳩お鈴。偽坊主の行者松。……それに六歌仙の算盤役だった白峰嘉兵衛。そして土岐一刀流の使い手、お役者玄蕃。この五人。つまり俺以外のみいんなよ」

そこで深十郎は目を閉じ、何かを反芻するような表情になった。一息おいた。それから、こういい足した。

「いや、そうじゃねえ。あの場にはもう一人、子供を殺せねえ奴がいた」

「それは誰だ？」

「若さ。若――お頭の一人息子の城太郎よ。俺とこの城太郎以外の五人は、皆、相手が赤ん坊でも年寄りでも平気で殺せる人でなしだったぜ」

紅雀はその人でなし五人の名と顔を思い出そうとした。お役者玄蕃の名前は克明に記憶している。顔も覚えていた。田舎芝居の二枚目のような顔をした気障な男だ。行者の名も覚えがある。内蔵の錠を壊して扉を開こうとしていた男だ。青鳩は……あおばか。白峰嘉兵衛とは誰だろう。あの、眉の付け根に黒子のある紙燭の男……この天城の深十郎と始終いい合いしていた脂ぎった男だろうか。紅雀はそう考えを巡らせた。八年前のあの夜が、つい今し方のことのように感じられ、紅雀は目まいさえ覚えた。

その目まいを堪(こら)えつつ紅雀は訊いた。

「まことか？」

「俺は故(ゆえ)あって高波のお頭に破門された身だ。嘘などいって何になる。六歌仙のうちで女子供を金輪際殺さないのは、この俺だけ」

「………」

紅雀は自問した。

(どうする？　この男の言を信じるのか？)

信じるにせよ、信じないにせよ、紅雀には知っておきたいことがあった。

それは天城の深十郎が四人もの子分を従えて、娘を人質に、風屋に立て籠もった理由である。

「訊きたい」

と紅雀はいった。

「なんだよ？」

「お前ほどの男が、どうして、女を人質に風屋の屋敷に立て籠もるなどという愚かな真似をしたのだ？」

「そのことかい……」

と、深十郎は苦く笑った。

「俺は昔、風屋と組んだことがあってな。風屋の野郎はしたたかな悪党だが、金離れはよかったし、裏稼業の義理も道理もけっして違えることはなかった」

「昔、お前や高波と後ろ暗い商いもしていたと、風屋から聞いている」

「後ろ暗い商い？　風屋がそんなことといってたのかよ。はははは、後ろ暗いは良かったぜ。確かにお天道様にゃ顔向けできねえ商いだ」

深十郎は声をあげて笑った。

「何がおかしい？」

「いや……。風屋を仲間と信じた自分が可笑しくてよ」

そういうと深十郎は意味ありげに唇を歪めた。

「風屋の野郎、俺と付き合って小汚ねえお勤めを一緒にやりながら、こっそり俺が押し入った日時や相手、屋敷の場所、殺した数、盗んだ金額、揚げ句は俺が袖の下をくれてやって目をつぶらせた町方や八州与力、諸藩の役人の名前まで、こと細かに記録していやがった」

「風屋が大福帖をつけていた、とお千夏がいってたが……」

「ははは、確かに、野郎にゃ大福帖だろうぜ。そいつに書かれた記録をネタに盗人どもを強請り、好きなように使えるんだからな。だが、俺らには、とんだ閻魔帖よ。そんな代物で死ぬまで只働きさせられちゃ、こっちは敵わねえ」

「では、お千夏を人質に立て籠もったのは、その閻魔帖を奪うためだったのか？」

「その通りよ。俺たちだって関八州お尋ね者の身の上だ。中山道の本庄くんだりでモタモタしてる暇はねえ。早いところ箱根のお山の向こうに高跳びしてえやな。だが、風屋が閻魔帖を押さえている限り、いつ何時、野郎に呼び出され、奴の悪事の下働きをさせられるか分からねえ。だから、再三再四、俺は風屋に交渉を持ちかけた。ところが、脅しても賺しても、金で買うといっても駄目だった」

「業を煮やして、一人娘を人質に、虱屋敷に立て籠もったという訳か」

「そうだ」

と、深十郎はうなずくと、散らかり放題のあたり一帯をざっと示していった。

「梅太郎に命じて、お千夏を手懐けさせ、やっと探し当てたのが、この奥座敷よ。ところが、見てみねえ。閻魔帖はここにゃねえ。立て籠もった晩から探し続けたが、何処にもありゃしねえんだ」

「他の場所ではないのか」

「いや。お千夏は、風屋は確かにここに隠してるというんだ。野郎が奥座敷で閻魔帖を調べたり、新たな書き込みをしてるのを、何度も見ているとな」

紅雀は散らかり放題の奥座敷を眺め渡すと、

「立て籠もりの理由は分かった。お前がお千夏を傷つけなかったのも確かめた。また、お前が高波六歌仙の一人でありながら、鈴本伴内とその妻、それに当時九歳だった練之助殺しに加担しなかったのも、どうやら真のことらしい」

「分かったかい。だったら、一文の得にもならねえんだ。何もこんな場所で、お互い命の遣り取りをすることはないだろう」

深十郎はそう問いかけて、

「そうじゃねえかい？」

と畳みかけた。

「………」

紅雀はしばし沈黙する。

それから静かに首を横に振った。

「武家娘の鈴本香ならば、ここで得心して刀を納め、この場を去ることだろう」

深十郎の精悍な顔に笑みが拡がり掛けた。

紅雀は言葉を続ける。

「だが、女賞金稼ぎ・紅雀としては、風屋より天城の深十郎の首を獲れと命じられ、前金を受け取った以上、務めは全うせねばならぬ」

深十郎の顔から笑いが消えた。

「そうかい。何がどうあっても、俺の首を獲って、風屋の糞野郎の許に持って行かにゃならねえって訳かい」

「それが賞金稼ぎの掟だ」

「そして、それが、父母と弟の仇討ち。武士道を全うすることになる唯一の方法という訳か」

苦く笑いながら、深十郎はゆっくりと立ち上がった。

刀は取らない。

それを見て、紅雀は、深十郎が自然石さえ割るほどの柔術拳法の使い手であったことを思い出した。

「それじゃ、俺は殺られた子分どもの仇を討つのが、盗人道って奴を全うすることになる……という訳だ」
そんなことをうそぶきながら深十郎は両手の指を鳴らしはじめた。
「………」
紅雀は黙って加賀笠を外し、漆黒の合羽を脱ぎ捨てた。
ゆっくりと紅雀も柔術の構えをとっていく。
その構えも、伊賀黒鳶流である。
紅雀と天城の深十郎は真正面から対峙し、睨みあった。
両者の視線が煌々(こうこう)と灯のたかれた奥座敷の空中で火花を散らした。
沈黙。
灯心の燃える乾いた音だけが聞こえる。
沈黙。
紅雀の片足が畳を擦って半歩進み出る音がした。
深十郎の半歩右に移動する音も響いた。
紅雀が篳篥(ひちりき)そっくりの音で息を吸い込んだ。
深十郎の両腕が風を切った。
戦いは、次の刹那、はじまった。

二

紅雀の視界一杯に、突然、拳が飛び込んできた。
素早く上半身を引く。
拳は唸りを引いて紅雀の鼻先をかすめた。
炸裂音が響いた。
紅雀が引くと同時に放った正面蹴りが深十郎の顔面に決まった音だった。
だが、深十郎はびくともしない。
顔に苦笑が浮かんで消えた。
精悍なその顔には蹴られた痕もない。
深十郎は素早く紅雀から身を引く。鼻を軽く弾いて呟いた。
「女だと思って油断しちまったようだぜ」
紅雀は左足を蹴りあげた。
左足が空中に黒い弧を描く。
刹那の間を置いて、深十郎の頭部に紅雀の後ろ回し蹴りが繰りこまれた。

だが、深十郎は片腕を上げて蹴りを受け止める。
受け止めると同時に、深十郎の横蹴りが飛んでいた。
蹴りは足刀だ。
紅雀の腰の横を狙っている。
紅雀は左足を引き、蹴り込まれた深十郎の足刀を避けんと、その場に屈みこんだ。
身を低くした位置から深十郎の足首の内側めがけて横蹴りを放つ。
足を薙ぎ払うのと、足を支える腓骨を折らんとした蹴りだった。
狙いは正確だった。
だが、鋭い蹴りは深十郎の足に決まらず、空を切る。
紅雀が横蹴りを叩きこむより早く、深十郎は跳躍していた。
空中に飛んだ深十郎を紅雀は目で追った。
高い位置から手刀が振り下ろされる。
牛刀を思わせる重く鋭い手刀だった。
手刀は紅雀の脳天――「百会」なる急所を狙っていた。
直撃されたら脳が粉砕され即死する急所である。
手刀には息詰まるほどの殺気が込められていた。

深十郎はこの手刀一撃で雌雄を決する積りなのだ。

紅雀の頭に迫る手刀は断頭台の刃だった。

手刀が脳天を叩き割る――

――と、深十郎は確信していた。

だが、その確信は突然吹き消された。

手刀が空を切った。

紅雀は身を丸くして横に転じていた。

転じながら、落下してくる深十郎の腹部を狙って凄まじい爪先蹴りを突き上げる。

槍穂が肉塊を貫いたような音が響き渡った。

紅雀の蹴りあげた爪先が、深十郎の臍(へそ)の直下に深くめりこんでいた。

「神闕(しんけつ)」と呼ばれる急所である。

打たれても、突かれても、それを受けた人間は心停止に陥るとされる急所だった。

だが、深十郎は即死することなく、後方に飛んでいた。

それは紅雀の蹴りで飛ばされたとも、爪先蹴りを逃れて、深十郎がバネを利かせて空中に飛んだとも見えた。

おそらくは瞬きするより短い時間に両者は蹴り飛ばし、かつ空中に逃れた、というのが真実だったのであろう。

　深十郎の身が宙を舞った。

　その身は、そのまま、背中から奥座敷の床の間の柱に激突する。落雷のごとき轟音を響かせて、柱の真ん中辺りが砕け、あたり一面に木片が散った。

　深十郎の身は跳ね返り、床の間の前あたりに倒れ込んだ。瞼（まぶた）が激しく痙攣していた。打った背中ではなく、紅雀に「神闕」を蹴り込まれたのが効いていた。

　それでもピクピクする瞼を開くと、

「おい……この床柱……」

　かすれ声を洩らしながら、深十郎は砕けた床柱に目を向けた。

(何かを訴えている)

　そう感じて紅雀は立ち上がると、倒れた深十郎に歩み寄った。

　あれだけの激闘にも拘（かか）わらず、座敷に十基近く並べられた行灯は一つもたおれておらず、油が零れた油皿もなく、灯心一本落ちてはいない。

　二人の戦いが対峙した相手の急所を攻め合ったためであり、両者の受け身が猫や豹のごとき動作によるためであった。

　それだけに、紅雀が放った爪先蹴りが、深十郎に受け身をとらせないほど恐ろしい攻めだったことが分かる。

うつ伏せに倒れた深十郎の近くまで歩み寄ると紅雀は問うた。

「床柱がどうした？」

「柱ぁ……く、空洞だぜ……」

深十郎はそう呟くと、頭を少し上げて起き上がろうとした。

だが、項（うなじ）の付け根あたりから力が抜けて、またガックリと頭を下げた。本人が意識しているより衝撃が大きかったようだ。畳に突っ伏したまま、深十郎は切れ切れに洩らした。

「紅雀よ……砕けた柱を……調べてみちゃくんねえか……」

「……柱か」

紅雀は柱を検分した。如何に六尺豊かの大男が激突しても、床柱が簡単に砕ける筈はない。

まして中央が砕けたというのに、床柱全体は折れてさえいなかった。

柱の砕けた部分は最初から空洞になっていたのだ。

「風屋は床柱に隠し棚を拵えていたようだ」

紅雀は露わになった柱の隠し棚に手を入れた。紙束の手応えがある。そっと取り出せば、それは大人の掌ほどの大きさの帳面である。

帳面の表紙には短冊が貼られ、短冊には大きく「深」の一字が記されていた。

「お前が探し続けた閻魔帖とやらはこれか」

紅雀は深十郎に手渡した。

「ありがてえ……これで安心して地獄に行けるぜえ……」

深十郎は小さな帳面を真ん中から破ろうとした。

だが、何度やっても、帳面は破れない。

深十郎は失笑混じりに顔を上げ、紅雀に訴えた。

「畜生……もう……これっぽっちの物を破る力もねえ……ふ、ふ、なにが……高波六歌仙にその人ありと知られた、だ。わ、笑わせるぜ……」

そういうと深十郎は帳面を紅雀のほうに差し出した。

「よう……賞金稼ぎ。……こいつを……破るか……燃やすかしてくれねえか……」

「わたしが仇のお前にそんな情けをかけてやる謂れが何処にある?」

紅雀は冷たく問うと、激しく闘った場所まで戻った。

手早く合羽をまとい、加賀笠を被る。

(深十郎は長くない。放っておいても小半刻と保つまい。とりあえず、仇の高波六歌仙の一人は討ち取った……)

そう考えて、紅雀は合羽を翻した。

そのまま奥座敷から去ろうとした紅雀の背中に深十郎の声が追いすがる。

「ま、待て……待ってくれ……」

紅雀は足を止め、深十郎に振り返った。

「このうえ何の用だ？」

「お前……賞金稼ぎだろう……」

「その積りだ」

「し、賞金を前払いすりゃあ……依頼主が誰でも……仕事してもらえるんだよなあ……」

紅雀は身を返すと、瀕死（ひんし）の男に歩み寄った。

「お前、わたしに仕事を頼もうというのか？」

深十郎は答える代わりに、血の気の失（う）せた顔に笑みを拡げた。

「二つほど……仕事を引き受けてくれ……」

「前金は支払えるのか？」

「金なら……そこいらに……切餅が散らばってるだろう……全部拾えば……二、三百両くれえある筈だ……」

「切餅は風屋の物であろう。それを受け取れば、わたしも、お前と同じ盗人になる」

「切餅じゃ……引き受けて……もらえねえのかい……」

「わたしは賞金稼ぎ。盗人ではない」

「そ、そうかよ。なら……俺の首……それと……お前さんの仇討ちに関わる情報（ネタ）……この二つじゃどうだい……」

「お前の首と情報（ネタ）だと？」

「そうさ。とびっきりの情報（ネタ）だぜ」

深十郎は笑った。

笑いの合間から咳が出た。

咳は激しい吐血を伴っている。

紅雀の蹴りの衝撃で内臓破裂か、大量の内出血を起こしているらしい。

「先に情報（ネタ）を聞かせてもらおう」

紅雀は冷たくいった。

「耳を貸せ……」

深十郎の血に塗（まみ）れた唇に、紅雀は耳を寄せた。唇が動いた。瀕死の息で、深十郎は、紅雀に何事か囁いた。

紅雀の瞳に、一瞬、驚愕の光が走った。

「それは……真実（まこと）か？」

思わず紅雀は訊き返した。

深十郎は苦笑した。

「死に掛けてる野郎がこんな嘘をついて何になる？」

「……」

紅雀は沈黙した。

沈黙の長さが、深十郎に教えられた情報の衝撃の大きさを物語っていた。

ややあって紅雀は静かに深十郎に問うた。

「賞金稼ぎに、依頼の筋は？」

「閻魔帖と……裏切り者の始末……」

「承知した」

紅雀はきっぱりと答えた。

「有り難（がて）え。……前払いの半分は情報（ネタ）で払ったから……あと半分……ここで払わせてもらおうか」

深十郎の言葉に紅雀はうなずき、その身を起こした。

しっかりと坐らせてやる。

深十郎は血に濡れた唇を笑みで歪めると、
「それじゃ、前払いの残り半分、清算してくんな」
紅雀は愛刀を押さえ、深十郎の背後に回った。
深十郎は前を向いたまま呟いた。
「念仏なんか唱えねえぜ。早いとこやってくんな」
紅雀は刀の柄に手を走らせた。
抜く手も見せず抜刀し、座敷の宙に銀色に輝く旋風を起こして、また刀を鞘に戻した。
鍔鳴りがチンと響いた。
鈴の音そっくりの音だった。
紅雀は深十郎に一礼する。
それと同時に、天城の深十郎の首は、音もなく胴から離れていった。

三

虱屋敷の外はすっかり暗くなっていた。
秋の夜風が紅雀の漆黒の合羽をはためかせ、バサッ、バサッ、という重い音を立てる。

それを鷲か鷹の羽音と思ったか、雑木林から鴉の群れが飛び立った。

驚いた鴉どもの鳴き声を背中で聞きながら紅雀は番所に向かった。

番所は煌々と明かりが灯り、なかから人の話し声が洩れて来る。

宿場の番所といえば、夜は「番太」と呼ばれる常駐の番人、当番の下っ端役人、あとは夜廻りついでに立ち寄った顔役くらいしかいないものだが、今夜はやけに賑やかだ。

酒が入った様子で、時折、どっと笑う声が響いてきた。

紅雀は番所の高札の前で立ち止まった。

高札に貼られた「助け求む」の張り紙を剝がした。

それを片手に番所の障子戸を引けば、酒で真っ赤になった顔が三つ、同時に紅雀に振り返った。

三人は腰掛けに坐って卓を囲み、徳利酒を酌み交わしていた様子である。

番所の中から上等な酒の香りが漂ってきた。

予想した通り、役人、顔役、番太の三人であった。

予想と違うのは、三人とも、煮物と上酒で、すっかり上機嫌なことだった。

「こいつは紅雀の姐さん――」

顔役が腰掛けから立ち上がった。

紅雀は手にした張り紙を卓に置いていった。

「風屋に依頼された立て籠もり一味はすべて始末した。だから、この張り紙はもう不要だ」

「へえ、田嶋の旦那から伺いやした。姐さんお一人で悪党一味を皆殺しにしちまったそうですってね」

「田嶋はお千夏を連れて戻ったのだな？」

「へえ。それで、風屋の旦那が、娘が無事に戻ったのは皆様のお陰ですってんで、お役人様から、宿場の衆から、集まった賞金稼ぎにまで、上酒と肴(さかな)を振るまって大変なお祝いでさ」

「もう、ね。いっそ赤飯炊いて、山車(だし)でも引いたらどうだって、話してたんですよ」

と説明しながら番太の老人が湯呑みに酒を注ぎ、紅雀にも勧めようとする。

それに手をあげて、

「結構だ。わたしは酒を嗜まん」

と断ると、腰掛けに戻った顔役に尋ねた。

「風屋は備中屋にいるのか」

「へえ。田嶋の旦那もご一緒ですぜ」

すると代官所の役人が横から口を差し挟んだ。

「田嶋殿は、どこぞの藩で剣術指南をしておったそうだな。ところがご主君が禁じた他流試合をしてしまい、殿のご勘気を蒙って禄を失ったとか……」

紅雀は役人と顔役に向かって、

「わたしはこれから備中屋に参る。事と次第によっては虱屋敷よりも血の雨が降るかもしれないので、せいぜい酔いを醒ましておけ」

冷たくいい放つと、番所を後にした。

四

備中屋は、まるでそこだけ遊里にでもなったかのような、凄まじい騒がしさである。

乱痴気騒ぎとはこのことか。

二階の広間と小広間の窓が全て開け放たれ、三味線と太鼓、調子っぱずれな歌声、男どもの野卑な馬鹿笑いと、女たちの嬌声で、沸き立つようだ。

その騒ぎは、通りを隔てた番所からも、はっきりと聞こえた。

紅雀はそんな備中屋を見つめた。

澄んだ瞳であった。

騒ぐ者どもを嫌悪（けんお）するでも、羨（うらや）ましがるでもない。

ただ冷たく見つめる観察者の眼差しだ。

紅雀にとって酒の酔いも、歌も、舞いも、一夜だけの男女の契りも、遠い前世か、遥か遠くの星の世界の出来事だった。

「さて……どう出る？」

紅雀は独りごちると、袂に落とした閻魔帖に触れた。

（深十郎の情報（ネタ）を信じるならば、やつらは、きっと何らかの手を打ってくる筈だ）

そう考えてから、

（打ってくる筈だと？）

と紅雀は自らに問い返す。

（すでに敵は打って出たのではないのか？）

そして、紅雀は、形の良い眉をほんの少しひそめて呟いた。

「あの乱痴気騒ぎこそ、敵の企（たくら）みの一環ではないのか？」

——と、その時である。

備中屋から大店の手代といった身なりの男が現われて、番所のほうへ歩き出した。

男は番所の前に立つ紅雀に気がつくと、

「先生！」

と小さく叫んだ。

そうして紅雀に駆け寄ると、

「紅雀の先生じゃございませんか」

男は風屋の番頭、重二郎であった。

「ようご無事で。……先生がご無事ということは……天城の深十郎一味を片付けなさったんですね」

「早耳だな」

「はい。しっかと、この耳でお聞きいたしました」

重二郎は腰を屈めるようにいうと、

「かような場所で何をしておいででした？」

と番所のほうをちらと見た。

「賊をすべて倒したと番所で役人に報告していたのだ。しかし、役人も顔役も番太も酔ってしまって話にならなかった」

「ははは、左様でございましょうとも。番所の奴等は夜になれば上役様の目を盗んで酒を呑むことしかいたしません。全く困ったものでございます」

重二郎は追従笑い(ついしょうわら)を拡げて手を擦り合わせた。

「仕方がないので、備中屋に行って風屋に報告しようと思っていたら、お前が備中屋から出てきたのだ」

「そうでございましたか。それは間が宜しゅうございました。ささ、早く備中屋に参りましょう。お嬢さまがご無事に戻られて、旦那様は、それは、それはお喜びで。……最高のお酒と料理と綺麗な芸者衆を集めて、呑めや歌えの大騒ぎでございます」

「そうか。では、わたしも馳走になろう」

と無表情に答えた紅雀の前に立って、重二郎は歩きはじめた。

進みながら紅雀は重二郎の背にいった。

「田嶋が寝返った振りをした時、よくぞ機転を利かせて針金を手渡してくれたな。お陰で助かった。遅ればせながら礼をいうぞ」

重二郎は肩越しに振り返り、

「とんでもございません。田嶋様が急にあんなことを申されて、これは裏があるな、と余計な気を回しただけのことでございます」

「ところで、一つ、気になったのだが……」

「はい？　何でございますか？」

そう尋ねたのは備中屋の玄関まであと三間半ばかりのところである。

紅雀は右手に路地の曲がり口があるのを横目にして、静かに訊いた。

「忍び縄を何処で覚えた？」

「な、なんでございますか？」

「わたしを縛った時のお前の縄使いは忍び縄といって忍びと盗人しか知らぬ特殊なものだと、そういったのだ」

一息置いて紅雀は重二郎に問うた。

「お前も、屋敷に立て籠もっていた野末の仙蔵と同じような、名のある無頼漢の舎弟か？」

重二郎の顔が一瞬、凍りついた。

「なんのお話か、手前にはとんと……」

「それならそれでいい。この話は忘れてくれ。きっとわたしの思い過ごしだ」

「ははは、さしもの先生も、お疲れになりましたね。備中屋でゆるりとお休み下さいませ」

紅雀はうなずいて、

「そうさせてもらおう」

と答えてから、思い出したようにいい足した。

「お前が懐に忍ばせた得物を捨てたならな」

「せんせえ――」

重二郎は苦笑した。

笑いながら足を止めた。

眉を垂れさせて、困り果てた表情になる。

だが、重二郎の足がそっと雪駄(せった)を脱いだのを、紅雀は見逃さなかった。

「絡むのも大概になさいませ」

そう呟いた次の瞬間、重二郎は素早く身を翻した。

紅雀に向き直った重二郎は片手を懐に入れている。

同時に攻撃しやすいように裸足になったのだ。

目にも止まらぬ速さで、重二郎は懐から匕首を抜く。抜いた時には、匕首は逆手に構えられていた。

「だっ――」

重二郎は気合を込めて、紅雀に斬りかかった。

匕首の刃が弧を描いた。

薄闇に黄金の稲妻が奔った。

万力鎖だ。

分銅が重二郎の手を打ち据えた。

ハッとした重二郎の鼻の真下、「人中（じんちゅう）」と呼ばれる急所に万力鎖が真正面から叩きつけられた。

匕首が地面に転がった。

倒れてきた男を紅雀は受け止め、そっと引いて、路地の闇の向こうに棄（す）てていた。

この間（かん）、十（とお）数えるほどもない。

文字通り、秒毫（びょうごう）の間（あいだ）のことだった。

五

備中屋の敷居を越えて土間に上がった紅雀を最初に見つけたのは、八歳くらいの男の子だった。耳が不自由なために賞金稼ぎの溜まった場所をフラフラし、青くなった母親の女中が備中屋に引っぱり込んだあの男の子である。男の子は紅雀を見て、ニッコリと笑いかけた。

「…………」

紅雀は男の子をまぶしげに見つめた。男の子は紅雀に手を振って消えていった。ひと息おいて次に旅籠の留女（とめおんな）が紅雀に気がついた。

普段は、宿場を訪れた旅人を摑まえて、旅籠に案内する役の留女だが、今夜は風屋が借り切ったので、宴会の給仕をする仲居の手伝いをしていた。

「あれ、あなた様は紅雀の先生――」

そういうと、女は土間から旅籠の奥に向かって呼びかけた。

「紅雀の先生、お見えでございます！」

その声に備中屋の仲居が三人も駆け付けた。

一人が紅雀の足をぬるま湯ですすぎ、一人が「お荷物を」と微笑みかける。

「何も預ける品はない」

と紅雀は断った。

当然、愛刀も、万力鎖も、仲居に預けようとはしなかった。

「わたしは臆病者なので得物を遠ざけると、恐ろしくて震えが止まらなくなるのだ」

「まあ、立て籠もり一味をお一人で倒された方がご謙遜（けんそん）を」

そういって仲居は受け取ろうとし続けるが、紅雀は頑として拒み続けた。

仲居は諦めて、

「では……せめて合羽と笠だけでも」

「これは只の無精だ。見苦しいかもしれないが、許してくれ」

「……左様でございますか」

二人目の仲居がやっと諦めると、三人目が微笑みかけた。

「では、大広間にご案内いたしましょう。皆様、先生のお出でをお待ちでございます」

「皆……とは？」

「風屋の旦那と、お千夏さん。田嶋先生。それに紅雀様とご同業の皆様です」

「賞金稼ぎか」

と尋ねた時に足のすすぎが終わったので、紅雀は框に移った。仲居の案内に従って備中屋の廊下を渡っていく。

奥へ、奥へ、と進んでいき、やがて通されたのは離れの大広間だった。

離れの唐紙の前に仲居は正座して大広間の客に声を掛けた。

「紅雀様、ご到着にございます」

紅雀の前で唐紙が左右に開かれた。

そこは贅(ぜい)を凝らした大広間だ。

上座に膳が二つ並べられ、その右側で田嶋が盃を傾けていた。

その隣で伊万里焼の唐草徳利を持って、田嶋に酒を勧めているのはお千夏である。

お千夏はとっくに晴れ着の振袖に着替えていた。

大広間の東西には膳が並べられ、番所に群れていた賞金稼ぎが東に十人、西に十人、さらに南に十人――まるで賓客のように膝を並べている。

野良犬のような賞金稼ぎには、江戸から集めたような小粋な芸者が二人に一人宛(あ)てがわれ、すっかり祝宴を盛りあげていた。

紅雀が大広間に進むと、賞金稼ぎと芸者、それに末席に坐った風屋から拍手が湧いた。

「やっと本日の主賓のお出ましだ」

「待ってました、紅雀！」

「ようよう、さあ、上座に上がったり、上がったり」

紅雀は照れも怒りもせず、黙って田嶋の隣の膳についた。

上座の後ろに金屏風(きんびょうぶ)が立てられているのが気に掛かる。

確かに男の気配がするのだが、風屋の呼んだ幇間(たいこもち)か、芸人だろうか。

紅雀が坐ると、末席の風屋が立ちあがった。へりくだった様子で腰を屈め、上座の紅雀のほうにやって来る。

途中、芸者から長崎ギヤマン製の銚子を受け取って、静かに紅雀の前に坐った。

「この度は恐ろしい賊どもをことごとく討ち取り、目の中に入れても痛くない一人娘を無傷でお助け下さいまして、まことに有難うございます。風屋喜兵衛、紅雀の先生と、田嶋先生に心よりお礼申し上げます」

「……」

紅雀は膝を崩して坐していた。片膝を立てた形である。それを目にした風屋が怪訝そうに尋ねた。

「今宵は祝いの無礼講なれば、座布団をお当てになって、お楽になさってはいかがでございますか？」

立てた片膝を合羽で覆って紅雀は答えた。

「風屋敷で戦って膝を痛めた。この格好が最も楽なので無礼を許せ」

「おお、おお。左様でございましたか。これは気づきませんで」

と風屋は愛想笑いをして、話題を逸らすように一同に呼びかけた。

「それでは、紅雀先生も参られましたので、娘が無事戻った祝いの宴をはじめたく存じます」

加賀笠に顔を隠すように俯いて、風屋の言葉を聞き続ける。

「まずは祝いの盃を」

と、風屋が銚子を持ち上げた。

すかさず紅雀はかぶりを振った。

「生憎だが、酒は呑まない。……それより、天城の深十郎とその一味に懸けられた賞金の半金をもらおう」

「左様でしたな。紅雀様は御酒を召し上がらないと。では、賞金をお支払いする前に一服させてもらいまして……」

長崎ギヤマンの銚子を脇に置くと、風屋は腰に手を回した。

紅雀の瞳の奥で稲妻が閃く。紅雀はそのまま、風屋の手の動きを目で追った。

腰のほうから風屋が取り上げたのは煙草入れである。

煙草入れは神社に奉納する絵馬より一回り小さい。大人が開いた手でやっと握れるほどの幅で厚さは親指の先から第一関節までほどだった。四角い箱の下方に小さな孔があるのが紅雀の神経を逆なでする。

「……」

紅雀は風屋の手の動きを凝視し続けた。

風屋は煙草入れを摑み、その蓋を開いた。

煙草入れには太い煙管が紫の紐でくくりつけられていた。風屋は紐をほどき、気取った手つきで煙管を持ち上げる。どこか煙管を紅雀に見せびらかしているような雰囲気だ。

「残りの金は？」

紅雀は尋ねた。

「只今、重二郎が運んでまいります」

というと風屋は煙管の吸い口を握りしめた。力を入れて引く。吸い口の外れた煙管の羅宇を意味ありげに見つめた。

「重二郎がな……」

紅雀は繰り返した。

その膝と肩から力が抜かれていくが、風屋は気づかぬ様子で薄ら笑いを拡げた。

「まあ、重二郎を待つまでもございませんでしょうな」

そういった風屋の言葉の底には悪意が漲っている。紅雀に向けられた羅宇の断面は金具が嵌められ、煙管というより凶器の一部分のようだ。

風屋は音高く舌打ちした。

「ちっ」

次いで唐突に言葉遣いを崩して独りごちる。

「いつまでも田舎芝居を続けても仕方ねえ」

それから加賀笠を俯かせている紅雀のほうを見て呼びかけた。

「おう、紅雀。まずは改めて礼をいうぜ。大いに助かった。深十郎の野郎をよく殺ってくれたなあ。あいつは悪党の癖に妙に筋が通らぬことに五月蠅くて、仲間も手を焼いていたのよ」

そういうと煙管の雁首をひねった。

羅宇の真ん中からバネ仕掛けで鉄の爪が弾け出た。

否、それは爪ではない。

隠し鉄砲の引き金だった。

引き金を親指で押さえると、風屋はいった。

「こいつは賞金の残金だ。とっときな！」

風屋は押し潰すように引き金を絞った。

銃声が轟いた。

羅宇の断面が銃口と化し、青白い炎が噴き上がった。

弾丸が羅宇から射出される。

だが、紅雀の動きは風屋が隠し銃を撃つより遥かに素早かった。

膝を立てた片足で膳を蹴った。それが風屋の腕に当たり、羅宇を握った手が跳ね上がった。隠し鉄砲の狙いが逸れ、弾丸は紅雀の胸から頭部に流れた。

紅雀は素早く加賀笠を脱ぎ、顔の前に据えた。

分厚く漆を塗り込めた加賀笠が弾丸を弾いた。

風屋がハッとした時には、すでに紅雀は立ち上がっている。

風屋は広間の真ん中まで飛び退った。

後ろに手をついて顔を背けるようにした風屋に紅雀は訊いた。

「どうした。賞金が惜しくなったか」

「なに、宴の座興でございますよ。とは申せ、ははは、紅雀先生のご勘気に触れてしまったようでございますな。風屋喜兵衛、ご無礼の段、平にお詫び申し上げます」

「風屋喜兵衛、実は高波六歌仙の番頭格で、通り名は白峰嘉兵衛」

紅雀は決めつけた。

「………」

「豪商風屋の一代で築いた財は、実は、高波六歌仙が押し込みで稼いだ金を元手にしていたそうだな」

「何をいってるのやら……」

誤魔化(ごまか)すように笑った風屋に、紅雀は畳みかける。

「白峰嘉兵衛の本当の役目は、高波六歌仙の活動資金を管理することだった。その一方で、高波軍兵衛に破門されたうえに関八州お尋ね者となった天城の深十郎を、ひそかに集めた情報(ネタ)で脅して、中山道一帯で押し込み強盗を勤めさせ、自分の懐を肥やし続けた」

「……」

「お前に使われ、不本意な殺しや強請りまでやらされるのに嫌気が差して、深十郎は『自分も上方に逃亡するから資金を回せ』と迫った。ところが、お前は高波を持ちだして、『お頭の許しが無ければ一文たりとも回せない』と断った。そこから起こったのが、風屋の一人娘を人質にした立て籠もりだ。ただし、深十郎には人質も、上方への路銀も二の次のこと。本命は、お前が深十郎を脅した情報(ネタ)が書かれた閻魔帖だった」

紅雀がそこまで一息に話すと、風屋は鼻を鳴らした。

「ふん、面白(おもしれ)え作り話だな。良く出来ていやがるぜ。危うく俺も信じ掛けちまった」

「天城の深十郎が死ぬ前に教えてくれた情報(ネタ)だ。深十郎はこの情報(ネタ)を賞金に、賞金稼ぎを雇った。頼みの筋は、高波六歌仙の稼ぎを私(わたくし)し、かつての仲間に殺しや強請りをやらせた悪党の首を獲ることだ」

「……」

風屋の唇が痙攣した。すでに、たった今まで薄ら笑いを浮かべていた顔は蒼白になっている。

「今までの話の裏付けは……」

紅雀は袂に手を入れた。

「この閻魔帖に書かれている。お前の書いた物だが、これも作り話か?」

そういって紅雀が出した小さな帳面を目にするなり、風屋は叫んだ。

「紅雀を殺せ! 誰でもいい。こやつを仕留めた奴には三百両だすぞ!」

その声が終わらぬうちに、大広間で酒を呑んでいた三十人の賞金稼ぎは、一斉に武器を取った。

ザッ、という乾いた音と、突如として広間に走った殺気に怯え、そこにいた芸者や芸人、仲居たちは悲鳴を上げ、我先に廊下に逃げ出していく。

三十人もの賞金稼ぎが武器を手に立ちあがった。

いずれも賞金稼ぎといえば聞こえはいいが無頼の徒に毛の生えたような者どもである。

漆の剝げ掛けた鞘の刀や、傷だらけの槍を持つその手は垢じみて、顔は無精髭で覆われている。

まるで飢えた山犬の群れだった。

三十人は酒気と殺気で血走った目を紅雀に据えた。

視線が赤い矢となって紅雀に放たれる。

だが、紅雀はそれを受け止めて微動だにせず、三十名にいい放った。

「来い！　最初に死にたいのは誰だ!?」

その声に真っ先に動いたのは田嶋だった。田嶋はお千夏を庇（かば）うように前に出ると、

「御同輩、ここは高みの見物をさせてもらうぞ」

紅雀に呼びかけたとも、三十四の山犬どもに向けたともつかぬ言葉を吐き捨てて、田嶋はお千夏と広間の外に飛びだした。

田嶋の動きが血に飢えた山犬どもを刺激した。

豪華な料理の盛られた膳が蹴られ、上酒を満たした銚子が放り投げられた。

三十人の賞金稼ぎは大広間の東・西・南より、紅雀を討ち取ろうと身構える。

槍や薙刀（なぎなた）や長脇差の捨てられた鞘が宙に舞った。

剣術自慢の男どもは刀を振りかざした。

東のほうから槍や薙刀を構えた者たちが十人呼吸を合わせ、同時に畳を蹴って、紅雀に

襲いかかった。

だが、それより早く、紅雀は隠し銃の弾丸を弾いた加賀笠の内側の紐を引いた。

バネの弾ける音と共に、加賀笠の周縁が銀色に輝いた。

内蔵された何枚もの弧型の刃が、同時に牙を剝いたのだった。

紅雀は東に居並ぶ賞金稼ぎめがけて、低い位置から加賀笠を投げ放った。

「黒鳶忍具、乱れ葉」

こちらに駆ける男たちの足の間を、加賀笠は稲妻のようにジグザグを描いて駆け巡った。

男たちは次々に悲鳴をあげた。

その足元から次々と血煙が湧き起こる。

加賀笠の縁に現われた刃がかれらの向う脛を切り、脹脛を傷つけたのだ。

予想だにしなかった攻撃に男たちはたじろいだ。

猛然とした突進の勢いが削がれた。

そこを狙って紅雀は走り出した。

走りながら愛刀の柄を握る。

刀を高く掲げて、紅雀は駆けながら居合を抜き放った。

槍を構えた男がのけぞり、別の男が薙刀を振り上げたまま脇腹を割られて倒れ込んだ。

紅雀に斬られた男が長脇差を取り落とした。主(あるじ)を失った長脇差が畳に深々と突き立った。

ダンッという銃声が広間に轟いた。

火縄銃の男である。

男は足元に弾丸を撃ち込んで、そのまま、舞い散る畳屑の中に倒れていった。

気がつけば大広間の東にいた十人はすべて斬り倒されて、畳に転がっていた。

十人ことごとく息絶えている。

紅雀はすでに漆黒の合羽を翻した美しい死神と化していた。

広間の西と南に立った男たちは、空気も赤く染まるような凄まじい光景を、ただ呆然(ぼうぜん)と眺めていたが、

「何をしている⁉　早く——早く始末しろ！」

風屋の金切り声に一斉に我に返った。

だが、凄まじい血臭と、累々と転がった仲間の死屍が、かれらを金縛りにしてしまっている。

「三百両……三百五十……いや、四百だ！　紅雀を倒した者には四百両くれてやる！」

四百両の声が西と南の二十人を動かした。

東に移動した紅雀を四十の赤い目が睨んだ。

紅雀はそれを無視して加賀笠を拾った。一振りする。笠の縁にまとわりついた血が滴となって散った。

笠の内側の紐を引けば刃はバネ仕掛けで引っ込んだ。

西のほうで男が動いた。矢筒を抱えた弓術使いだった。男は素早く矢筒に手を回し、矢を抜くと、弓につがえる。弓弦を引き絞りながら、紅雀に狙いを定めた。

紅雀は加賀笠を被り終え、紐を下顎に結び終える。

と同時に加賀笠の紐から右手が消えた。

右手は左手首の革帯に移動している。

ヒュッ、という音が響く。

矢が放たれた音ではなかった。

銀星が投げられた音である。

弓弦から手が離れ、逸れた矢が、大広間の天井に突き立った。

柄のない手裏剣を眉間深く突き立てた弓術使いが倒れこむ。

その乾いた音が合図だった。

残る十九人の賞金稼ぎは鞭打たれたように紅雀に襲いかかる。

紅雀は薙刀を拾った。

薙刀はすでに倒した山犬の誰かの武器だった。素早く刃を検(あらた)めた。薙刀の手入れは完璧である。鋭い刃が青く輝いていた。

紅雀は薙刀を八相(はっそう)に構えた。

もとより薙刀は武家の女なら嗜(たしな)んでおかなくてはならぬ武術だった。

武家を捨てた紅雀にとっても薙刀は幼馴染のようなものである。

八相とは上下斜め、いずれからの攻めにも柔軟に対し、かつ果敢に攻めることの出来る構えであった。

右から二人が突きこんできた。

反射的に石突(いしづき)が畳を打ち、刃が弧を描いた。

一人の脇腹を割り、もう一人の首を下から上へ断っていた。そこを狙って左から二人、来た。棒身で一人の刃を受けた。それを弾き返して、二人目の足元を薙いだ。二人目が倒れたところへ止めを刺した。一人目の胸に突きこんだ。薙刀術ではあまり使わない「突き」を槍術のように使えと助言をくれたのは、黒鳶だった。

紅雀の薙刀は瞬く間に四人を倒していた。

攻めあぐねる五人の中に紅雀は突進していった。薙刀を回し、石突で突き、棒身で受けて、刃で斬り伏せた。五人の悲鳴があがり、五本の刀が叩き落とされた。五人は、あるいは額を割られ、あるいは胴を薙ぎ払われ、あるいは太腿の動脈を斬られていた。

風屋の呻きが大広間にやけに大きく聞こえた。

三十人もの賞金稼ぎの集っていた大広間には、すでに十人しか残ってはいなかった。

残りの者たちは自然に円陣を形作っていく。

大広間の中央で紅雀は賞金稼ぎ十人に取り囲まれていた。

円陣で紅雀を取り巻いた十人は誰が呼びかけるでもなく、左回りに回りはじめた。

こちらが多勢で相手が無勢の場合は、とにかく相手の疲労を喚起する。――それこそ山犬どもが自然に身につけた卑怯者の戦法だった。

回る速度がじりじりと早くなる。紅雀の目を晦(くら)まそうとでも思ったようだ。

紅雀は無表情に薙刀を構えなおした。棒身の中央を持つ。槍を投げるように構えた。そして、目の前を回る山犬の一人めがけて投げ放った。

薙刀が賞金稼ぎの一人の胸を貫通した。その男に紅雀は見覚えがあった。坊主のように頭を丸めた中年男だ。身には按摩か僧侶のように白衣一枚まとっている。

確か田嶋と親しく話していた偽座頭だった。

だが、見知った同業者を倒しても紅雀には何の感慨もない。立場が違えば、こちらがこの偽座頭に殺されていたかもしれない。ただそれだけの関わりだった。

円陣を崩した紅雀は、懐に手を流した。

万力鎖を取り出し、口に咥える。

そうしながら、再び愛刀を抜いていた。

切れ長の目が周りを囲む山犬を見つめる。

（残りは九人、そのうち、一人だけ回る足並みが乱れている。酒臭い。あいつだけ今も酒が残っているから、動きが鈍いのだ）

紅雀は冷静に観察していた。

左手を口にやった。

敵の動きを見据えたまま、万力鎖を摑んだ。

ゆっくりと万力鎖を回しはじめる。

酒の臭いのする男が円陣を回り、右斜め前から中央に移動した。

紅雀の目はその動きを蝶の動きより緩慢なものと捉えていた。

男が真ん前を過ぎる。

左に寄る。

（もう少し……左手で投げつけて届く範囲まで）

男がその位置に入っていた。

瞳がそれを捉えるより速く紅雀の左手は跳ね上がっていた。

万力鎖が宙を切る。飛んだ分銅が狙った男の顔面を粉砕する。紅雀の捌(さば)きで万力鎖がしなやかに手に戻る。

その動きは連続したものだったが、あまりに素早かったため、円陣を描いて移動する男たちには、仲間の一人の顔面が突然粉砕されたようにしか見えなかった。

悲鳴も洩らさず男は倒れた。その姿が男たちに恐慌を呼んだ。残された八人は円陣を崩して、てんでに動きはじめた。

野獣のように叫んで刀を滅茶苦茶に振り回して紅雀に飛び掛かる者がいた。

紅雀は一刀のもとに斬り伏せた。

上段に振り上げて畳を蹴り、紅雀の脳天に空中から斬り下ろしてくる者がいた。

紅雀は万力鎖で男を薙ぎ払い、畳に叩きつけて刺し貫いた。

畳に仲間が固定されたのを見て、恐怖に駆られた男たちがいた。

「三人だ。三人同時に斬り掛かれ」

「おうッ」

「行くぞ！」

そんなことを喚きあって三人は紅雀に斬りかかった。もとより三人同時の攻撃を訓練した人間ではない。斬りかかりながら、三人とも怯えて腰が引けていた。

紅雀は万力鎖を振りながら、自分から、三人の中に突っ込んでいった。

心の臓、肝の臓、そして脳――。

三人の急所を分銅が直撃した。

紅雀が左手を一閃させると、万力鎖は、その掌の中へと戻っていった。

残る三人のうち二人を居合で斬り倒し、もう一人を万力鎖で倒せば、大広間にいた三十人はことごとく屍に成り果てた。

その時、上座から刀が風を斬る音が起こった。

紅雀は身を翻す。両手の武器を構えれば、金色に輝く衝立が裂けて、短筒を構えた男が衝立と共に倒れ込んだ。

男は痩せぎすで長身、目つきが悪くて頬が削げている。

その顔には見覚えがあった。

風屋の手代である。

重二郎の下でせかせかと働いていた男だ。確か、名は茂平とかいった。

「こいつは貸しではないから、返さんでもいいぞ。俺の肩慣らしだ」

飄然とした調子でいいながら、倒れた衝立に血刀を振った浪人者があった。

田嶋である。

「た、田嶋先生――」

いつ廊下の外に逃げ出そうかと、ことの成行きを固唾を呑んで見守っていた風屋が、すがるようにいった。

田嶋は、風屋にかぶりを振り、渋面を作って見せた。

「おいおい、手代を斬ったのを見てただろう？　俺はお前を助けるために、しゃしゃり出たのではないぞ」

「えっ……」

驚いた風屋を無視して、田嶋は上座から紅雀に笑いかけた。

「三十人の荒くれを始末したのに、息ひとつ乱れていない。……女賞金稼ぎ・紅雀、噂以上の化け物だな」

「その様子では、わたしを褒め殺すために現われたのではなさそうだ」

紅雀は静かにいった。

「ふん。これでお主が悲鳴の一つもあげて、助けを求めたのなら、俺も三十人殺しと、その風屋の成敗に助太刀したのだろうが……」

と苦笑して、田嶋は顔を撫でた。

「………」

紅雀が黙って見ていると、田嶋は突然、真剣な表情になり、大股で広間の中央まで進み出た。

刀の提緒（さげお）で小袖に襷（たすき）を掛けると、紅雀に向かって一礼し、朗々たる声で呼びかけた。

「元佐倉藩剣術指南役、今川流、田嶋秀之進。一手、御指南を所望する」

それを聞いた紅雀は万力鎖を懐に仕舞った。

そして、田嶋と対峙すると、

「目下は賞金稼ぎとして生きる身なれば、合羽と加賀笠のままにて御免仕る」

そう断り、静かに名乗りをあげた。

「伊賀黒鳶流、紅雀……」

一息置いて両者は刀を押さえた。

田嶋が先に抜刀し、右下段に構えた。

紅雀は愛刀を高く掲げて身に引きつけた。

二人は黙して睨み合う。

静寂が血の臭いに満ちた大広間を神聖な戦いの場へと清めるようだった。

静かな時間が流れていく。

二人を見守るのは、風屋とお千夏だけである。

夜の息吹さえ聞こえてきそうな沈黙が続いた。

紅雀と田嶋は睨み合って微動だにしない。

このまま、二人は朝まで凍りついているかと思われたが――。

――不意に旅籠の外で、ザッ、という羽音が起こり、何十羽もの鴉の群れが一斉に夜の空へと舞い立った。

その音が合図だった。

紅雀と田嶋は同時に動いた。

「りゃああぁッ！」

田嶋が気合をあげて斬りかかった。

紅雀の刀が受けた。

両者の刀が火花を散らした。

受けて押し退け、紅雀は横薙ぎに斬り払う。

田嶋の刀が受け止めた。

鍛鉄同士のぶつかり合う音が響き渡った。

斬りつける。
受け止める。
紅雀と田嶋は互いの息を感じるほど接近する。
二人を隔てるのは二本の刀だけだった。
両者は渾身の力を込めた。
鋭利な刃が細かく震え、刀身がしなる。
紅雀が田嶋の刀を押し退けた。
女とは思えぬ膂力(りょりょく)であった。
予想もしなかった押し戻しに、田嶋は、四歩ほど大きく後退った。
その刹那、紅雀が畳を蹴った。
銀色の旋風が吹き起こった。
紅雀は舞うように駆け、田嶋とすれ違い、その後方およそ二間の位置で立ち止まった。
加賀笠が動き、肩越しに振り返る。
田嶋は青眼(せいがん)に刀を据えたまま静止していた。
紅雀は刀を納めた。
鍔鳴りが鉦(かね)の音のごとく涼やかに響いた。

田嶋が不意に動いた。

刀を納める。

紅雀に振り返る。微笑みかけ、唇を動かした。

何か呼びかけようとして、田嶋はそのまま、倒れていった。

田嶋が倒れるのを見て、風屋が叫んだ。

「う、うわあっ、うわあああ」

恐怖に戦(おのの)きながら、風屋は、あたりを見渡した。

上座に倒れた金屏風。その上に茂平の死体がある。死体が短筒を握っているのに気がついて、風屋はそれに飛びついた。

短筒を取り、銃口を紅雀に向けた。

紅雀は加賀笠の顎紐に手をやった。笠を脱ぐ気だ。あの笠は弾丸(たま)を弾く。弾丸を弾いて、俺を殺す。そこまで考えた風屋の目の端に人質になりそうな者の姿が飛び込んだ。

風屋は、出入口から大広間に足を踏み入れた小さな影に飛び付いた。

小さな影が声なき叫びを発した。

同時にお千夏が悲鳴を上げた。

影は男の子であった。

　その男の子がずっと備中屋の内外をうろついていた女中の子だと察して紅雀は低く呻いた。

「むっ……」

　男の子に、逃げろ、と呼びかけようとしてあの子の耳が不自由だったことを思い出した。

　次の瞬間――、

「も、もらったあッ！」

　風屋が男の子に飛びつき、掬い取るようにその体を抱き上げた。

　男の子は手足をバタつかせ、声にならない悲鳴をあげる。

「うるせえ、ガキ」

　風屋は、もがく男の子の顔に銃口を力任せに押し付けた。

　男の子がこぼれんばかりに目を見開いた。その顔は恐怖で痙攣しはじめる。

「どうだ、紅雀よ」

　荒い息をつきながら風屋はほくそ笑んだ。

「このガキの命が惜しけりゃ刀を捨てな」

　豪商の仮面をかなぐり捨てて風屋はいった。

　風屋に銃口を押しつけられて恐怖に凍りついた男の子を紅雀は見つめた。

（練之助もあのように、悲鳴を発することもままならずに殺されたのか……）

男の子と、弟が殺された時の年齢が近いせいだろうか。

紅雀の脳裏に八年前の惨事がまざまざと甦る。

風屋に銃口を突きつけられた男の子が自分の弟ではないかとさえ思われてきた。

耳の奥で練之助の笑う声や歌う声、「姉上」と自分を呼ぶ声が甦った。

だが、涙は浮かんではこなかった。

高波六歌仙をすべて倒すその日まで絶対に涙は零さないと誓った紅雀であった。

「……………」

紅雀の瞳の奥で炎が燃え上がった。

炎は限りなく白い。

白熱した憎しみの炎だった。

「その声……」

と紅雀は呟いた。

「貴様のその声には確かに聞き覚えがある。八年前、我が父母と弟を惨殺した高波六歌仙の中にお前がいたことを、今、はっきりと思い出したぞ」

「今頃になって察しても、もう遅いぜ。てめえはここで死ぬんだ」

「さて。それは、どうかな」

紅雀の唇が微かに微笑んだ。

漆黒の加賀笠の下で、その微笑は椿の蕾が開いたように見えた。

「近寄るな！　てめえ、このガキが死んでもいいのか⁉」

風屋が吠えた。

「……わたしは無念に思っている」

紅雀は笠の下から風屋を睨み上げた。

「なんだとう？　最後の最後にこのガキを人質にされたのが悔しいのか、くそアマめ」

「違う」

と紅雀は断じた。

「本来の用が済むまで、まだ、お前を始末できないのが無念このうえもない、といっているのだ」

その言葉を聞いた風屋は目を瞠り、男の子に向けた銃口を紅雀に転じた。

「いってろ、くそアマ！」

叫ぶと同時に、風屋は短筒の引き金に掛けた指に力を込める。

それより早く、紅雀の腕が跳ね上がっていた。銀星が飛んだ。柄のない手裏剣は宙を貫き、風屋の手を短筒の銃把(じゅうは)に固定した。

「うわっ」

風屋が悲鳴をあげた。

紅雀は素早く風屋に駆け寄ると、その腕から男の子を奪い、投げ飛ばすように遠ざけた。

男の子は畳に転がり、何度か回転して身を起こした。

「逃げて！」

お千夏の声が大広間に響き渡った。

その声が耳に届いたかのように、男の子は大広間から出入口を抜け、廊下のほうへ逃げ去った。

目の端でそれを確かめるのと、紅雀が躍りかかるのとは同時だった。

紅雀は風屋の真の名を叫ぶ。

「白峰嘉兵衛！」

ハッとした風屋の腹に紅雀は拳を叩きこんだ。

腹に正拳をぶち込まれた衝撃に風屋は身を折った。

前に屈んだ風屋の顎に、紅雀は鋭角に膝蹴りを突き入れた。

風屋には悲鳴を洩らす余裕もなかった。

風屋は背中から倒れた。

その右手を、紅雀は踏みつけた。

手の甲を貫通した銀星で短筒に固定された右手を踏み躙りながら、紅雀は問うた。

「吐け。高波軍兵衛はいま何処だ?」

「し、知らん。お頭は隠れるとなれば、手下にも行方は絶対に教えねえんだ」

「まことか?」

紅雀は風屋に見せつけるようにして愛刀に手を掛けた。

「本当だ。本当に、お頭の行方は知らねえんだ」

苦痛に喘ぎながらも風屋は首を横に振り続ける。紅雀は風屋の表情を読んだ。

(いざとなれば自分の母親でも裏切るような男だ。これほど痛めつけても吐かないのは本当に知らないのだろう)

これ以上苦痛を与えて詰問しても無駄と察して、紅雀は訊いた。

「では、六歌仙の残る三人の行方は?」

「行方は知らんが、高波六歌仙が上方で使っていた隠れ家なら分かる」

「それは?」

「堺の女郎屋で、名は富貴楼」

「残る者たちの居所は？」

「……行者松、青鳩のお鈴は尾張か駿河にいると聞く。お役者玄蕃は分からねえ。奴は仲間にも行方を教えようとしなかった……それに……それに、六歌仙ではないが、高波城太郎……城太郎はお頭の倅だ。こいつが何処にいるか俺は知らん。なにしろ六歌仙はみんな散り散りになって藤枝あたりで別れたんだ。……さあ、ぜ、全部話したぞ……こんだけ話しちまったのがバレたら……俺もお頭に殺される……早く逃げなくちゃならねえ……これで勘弁してくれ……もう……助けてくれ……」

「高波六歌仙の残る者たち、その行方はしかと心に刻んだ」

紅雀がそういって足を上げれば、風屋は苦痛に喘ぎながら笑みを拡げた。

「やれ、助かったぜ。もう、いいだろう」

という風屋の鼻先に白刃を突きつけて紅雀は問うた。

「最後の問いだ。今から八年前、高崎藩で、勘定吟味役、鈴本伴内の屋敷に高波六歌仙が押し込んだ夜、我が弟、練之助を殺したのはお前か？」

「ち、違う……てめえのいう通り、確かに俺もそこにいた……その押し込み仕事は……よく覚えている……だが、てめえの弟を殺したのは俺じゃねえ。俺は、子供は殺すなと……そう止めた……これは本当だ……」

風屋が苦しげに、そういった。

紅雀は首を横に振った。

「嘘をいうな。練之助殺しを制止したのは、天城の深十郎と、高波城太郎であろう」

そう決めつけて、紅雀は、風屋を思い切り蹴り倒した。

背中から倒れた風屋の胸倉を摑んで引き起こすと、

「そこに直れ」

冷たく命じて、その場に正座させた。

「待て。待ってくれ。俺は出家する。二度と世間には現われねえ。稼いだ金は、全部、お前にくれてやる。だから、だから殺さないでくれ。お願いだ」

必死に哀願する風屋を無視して、紅雀は刀を振りあげた。

「高波六歌仙の一人、白峰嘉兵衛。父と母と弟の仇、思い知れ！」

そう叫ぶなり、刀を風屋の首めがけて振り下ろした。

六

風屋の首が畳に転がった瞬間、お千夏の悲鳴が大広間から廊下にかけて響き渡った。

斬り落とした首に冷たい一瞥をくれると、紅雀は血塗られた愛刀の刃を、閻魔帖で拭った。

そこに記された情報が血で読めなくなっていく。

拭い終えると、紅雀は閻魔帖を空中に投げ上げた。

それが落ちるより早く、銀の旋風が吹き抜けた。

閻魔帖は一瞬にして紙吹雪(かみふぶき)と化し、大広間から廊下に散ってしまった。

刀を納めると、紅雀は身を翻した。

黒い合羽の裏地がはためいて血の色が映えた。

加賀笠で顔を隠すように俯くと、紅雀は歩きはじめる。

両頰に手を当てて激しく嗚咽するお千夏の前を、紅雀は黙って行き過ぎようとした。

目の前を横切った瞬間、お千夏は紅雀に吐き捨てた。

「人殺し!」

紅雀は立ち止まる。

そして、俯いたまま呟いた。

「わたしは賞金稼ぎだ。お前の父親のように何の罪咎もない子供は殺さない」

「……」

泣き顔になったお千夏を置いて、紅雀はまた歩きはじめた。
「お父っつぁんも……重二郎も……茂平も……みんな……みんな……死んでしまった。
……どうすればいいの？　……どう生きればいい……あたし、どうなっちゃうの？」
黙って歩き去ろうとする紅雀の背に向かって、お千夏はくるったように叫んだ。
「ねえっ、あたし、どうすればいいのよ!?　答えて！　答えてよ、人殺し！」
紅雀は、突然、足を止める。
お千夏に振り返った。
加賀笠を上げて、紅雀は、いい放った。
「野の花にでもなることだな。汚れることなく、いつまでも清く生きられよう」
その言葉にお千夏は一瞬凍りついた。
少しして、娘の号泣が起こったが、紅雀は二度と立ち止まることなく、歩き続けた。

＊

翌日の昼すぎ――。
中山道を江戸に急ぐ紅雀の姿を、一人の尼僧が見つめていた。
本庄に向かう紅雀に声を掛けた青連尼である。
青連尼は意味ありげに笑った。

「裏街道で名の売れた女賞金稼ぎの紅雀が、八年前にわたしたちが押し込んだ高崎藩勘定吟味役の娘だったとは、とんだ驚きだね。これは何としても上方の仲間に知らせなきゃなるまいよ」

そんなことを独りごちると、青連尼は僧衣の懐から伝書鳩を取り出した。

「高波の仲間に、この青鳩のお鈴からの手紙(ふみ)を届けておくれ」

そういって青連尼が投げ上げるや、天高く舞い上がった鳩は、空の青に映えて、真っ青に見えた。

次巻「閃刃篇」に続く

光文社文庫

文庫書下ろし
女賞金稼ぎ 紅雀 血風篇
著者 片倉出雲

2015年12月20日 初版1刷発行

発行者 鈴木広和
印刷 慶昌堂印刷
製本 ナショナル製本

発行所 株式会社 光文社
〒112-8011 東京都文京区音羽1-16-6
電話 (03)5395-8149 編集部
8116 書籍販売部
8125 業務部

ISBN978-4-334-77219-2 Printed in Japan

組版 萩原印刷

お願い　光文社文庫をお読みになって、いかがでございましたか。「読後の感想」を編集部あてに、ぜひお送りください。

　このほか光文社文庫では、どんな本をお読みになりましたか。これから、どういう本をご希望ですか。

　どの本も、誤植がないようつとめていますが、もしお気づきの点がございましたら、お教えください。ご職業、ご年齢などもお書きそえいただければ幸いです。当社の規定により本来の目的以外に使用せず、大切に扱わせていただきます。

光文社文庫編集部

光文社時代小説文庫　好評既刊

光文社時代小説文庫　好評既刊

三千両の拘引　小杉健治
四百万石の暗殺　小杉健治
百万両の密命（上・下）　小杉健治
黄金観音　小杉健治
女衒の闇断ち　小杉健治
朋輩殺し　小杉健治
世継ぎの謀略　小杉健治
妖刀鬼斬り正宗　小杉健治
雷神の鉄槌　小杉健治
般若同心と変化小僧　小杉健治
つむじ風　小杉健治
陰謀　小杉健治
千両箱　小杉健治
闇芝居　小杉健治
闇の茂平次　小杉健治
掟破り　小杉健治
敵討ち　小杉健治

俠気　小杉健治
武田の謀忍　近衛龍春
にわか大根　近藤史恵
巴之丞鹿の子　近藤史恵
ほおずき地獄　近藤史恵
寒椿ゆれる　近藤史恵
烏金　西條奈加
はむ・はたる　西條奈加
涅槃の雪　西條奈加
八州狩り（決定版）　佐伯泰英
代官狩り（決定版）　佐伯泰英
破牢狩り（決定版）　佐伯泰英
妖怪狩り（決定版）　佐伯泰英
百鬼狩り（決定版）　佐伯泰英
下忍狩り（決定版）　佐伯泰英
五家狩り（決定版）　佐伯泰英
鉄砲狩り（決定版）　佐伯泰英

光文社時代小説文庫　好評既刊